Bianca.

Novia de papel
Kathryn Ross

D1522451

HARLEQUIN™

Editado por HARLEQUIN IBÉRICA, S.A.
Núñez de Balboa, 56
28001 Madrid

I.S.B.N.: 978-84-9000-007-6
Depósito legal: B-15837-2011
Editor responsable: Luis Pugni
Preimpresión y fotomecánica: M.T. Color & Diseño, S.L.
C/ Colquide, 6 portal 2 - 3° H. 28230 Las Rozas (Madrid)
Impresión en Black print CPI (Barcelona)
Fecha impresion para Argentina: 19.12.11
Distribuidor exclusivo para España: LOGISTA
Distribuidor para México: CODIPLYRSA
Distribuidores para Argentina: interior, BERTRAN, S.A.C. Vélez
Sársfield, 1950. Cap. Fed./ Buenos Aires y Gran Buenos Aires,
VACCARO SÁNCHEZ y Cía, S.A.
Distribuidor para Chile: DISTRIBUIDORA ALFA, S.A.

Capítulo 1

BUENO, ¿cuál es la situación aquí? –le preguntó Antonio Cavelli a su contable en el momento en que la limusina se detenía ante el restaurante de frontal de cristal.

Tom Roberts recurrió a sus notas.

–El verano pasado compramos el edificio, la arrendataria se llama Victoria Heart. Hasta ahora, ha rechazado dos ofertas nuestras para marcharse, de modo que le hemos subido el alquiler. Ahora está luchando para no tener que cerrar. De modo que creo que en esta ocasión firmará,

Antonio frunció el ceño. Apenas llevaba unas horas en Australia después de llegar de sus oficinas en Verona, pero ya empezaba a cuestionar el modo de Tom de llevar sus negocios.

–Debería haber sido una compra sin problemas –gruñó–. Y llevamos seis meses de retraso... ¿a qué estás jugando?

El contable se ruborizó y se pasó una mano por el pelo cada vez más escaso.

–Todo está bajo control, te lo aseguro –musitó nervioso–. Sé que hemos tenido unos pequeños problemas... pero...

Sonó el teléfono móvil de Antonio y frenó los tartamudeos de disculpa de Tom en mitad de una frase al ver el número de su abogado en el aparato. En ese momento tenía problemas más acuciantes que la sencilla adquisición de un restaurante insignificante.

En ese momento, todo el futuro de su empresa pendía de un hilo mientras su padre intentaba representar la más extraña y ridícula charada con el fin de imponerse en la lucha de poder que mantenía con él.

Apretó los labios enfadado. Mientras abría el teléfono, pensó que nadie le decía lo que tenía que hacer. *Nadie...* y menos el único hombre en el mundo por el que sólo sentía desprecio.

—Ricardo, ¿tienes noticias para mí —al hablar con el abogado recurrió a su italiano nativo.

El silencio en el otro extremo de la línea fue respuesta suficiente.

—He repasado todas nuestras opciones un millón de veces, Antonio —repuso al final el abogado con voz de pesar—. Y no hay mucho que podamos hacer. Podemos llevarlo ante los tribunales... pero en mi opinión lo único que eso crearía sería un maremoto periodístico. Estarías metiendo el negocio personal de la familia en el terreno del sensacionalismo, abriendo el abismo que hay entre tu padre y tú ante el escrutinio del mundo, y al final es muy probable que no ganemos. El hecho es que es posible que tú le hayas dado a la empresa el éxito del que disfruta hoy, pero tu padre sigue siendo el propietario del sesenta por ciento de Cavelli Enterprises. Es suya para hacer con ella lo que le plazca.

Los ojos oscuros de Antonio centellearon con fuego. No le importaba si el resto del mundo se enteraba de lo que pensaba de su padre, pero sí le preocupaba que pudiera someter el nombre de su madre a la humillación del pasado... y eso no podía hacerlo. Ya había sufrido suficiente por culpa de su padre. El recuerdo de ella debía permanecer digno.

Se preguntó cómo podía llevar esa situación. Su aguda mente empresarial entró en acción en busca de una respuesta. No iba a dejar que su padre ganara esa batalla.

Luc Cavelli podía ser el presidente de la empresa, pero en esos tiempos no era más que una figura decorativa... él era el cerebro, el que había convertido la pequeña cadena provincial italiana de hoteles de su padre en un éxito global. Sonrió para sus adentros, ya que había hecho muchas cosas en contra de la voluntad de su padre.

Luc no había querido que la empresa se expandiera... le había gustado ser un pez gordo en un estanque pequeño, capaz de controlar y manipular a todos. Pero Antonio había impuesto su voluntad al heredar las acciones de su madre, había hecho avanzar a la compañía y disfrutado en el proceso... había disfrutado viendo a su padre cada vez más fuera del entorno que dominaba hasta convertirse en un hombre indeciso.

En ese momento podía ver el farol de su padre, vender su cuarenta por ciento y largarse, dejando al viejo para que cumpliera la amenaza de vender el resto de la empresa. Descubriría que no valía tanto sin él al timón. Pero era algo que no pensaba hacer después de tantos años dedicados a levantarla.

–Habrá un modo de solucionarlo –dijo en voz baja, casi para sí mismo.

–Pues si lo hay, yo no lo veo. He leído la correspondencia que te ha mandado tu padre y el mensaje final es que si no estás casado y has tenido un hijo para cuando cumplas los treinta y cuatro años, Antonio, venderá las acciones que posee. Considera que al ser el único hijo que tiene, tu deber es el de asegurar el futuro de la familia Cavelli. También dice que desea verte felizmente asentado.

¡Qué hipócrita! Ése era el hombre que los había abandonado a su madre y a él cuando contaba sólo diez años. Por entonces, el compromiso familiar le había importado un bledo, ya que había estado demasiado ocupado humillando a su madre con la exhibición constante y pública de las amantes de turno.

–Parece muy decidido –añadió su abogado con suavidad.

–Sí, bueno, pero no tanto como yo a frustrarle los planes.

–Mmm... –un momento de silencio–. La buena noticia es que si aceptas sus deseos, de inmediato transferirá todas sus acciones de la empresa a ti. Lo tengo por escrito.

Su corazón se heló. Muy bien, si su padre quería entregarse a esos juegos, aceptaría el desafío. Pero no lo dejaría ganar. Encontraría un modo de obtener el control de todo... y entonces lo haría lamentar el día en que había intentado dictarle condiciones.

–Y yo estaré encantado de tomar el control de sus acciones, pero no haciendo exactamente lo que él quiere.

–La verdad es que yo no veo otro modo. Tu padre quiere que te cases y tengas un hijo. Y, de hecho, te lo ha anunciado y concedido dos años para ello.

–Hay solución a todos los problemas, Ricardo. Mándame por correo electrónico o por fax toda la documentación necesaria para que pueda analizar lo que ha puesto por escrito y después hablaré contigo –colgó y miró al hombre sentado enfrente–. ¿Por dónde íbamos...? –dijo, pasando a un inglés perfecto y centrándose en el asunto que en ese momento le ocupaba.

Tom lo miró con cautela. No había entendido ni una palabra pronunciada por su jefe, pero había visto la ira en esos ojos y supo que debía ir con cuidado. Antonio Cavelli tenía fama de ser justo en los negocios, pero también implacable cuando se trataba de deshacerse de las personas que no llegaban a los patrones altos por los que él se regía o no lo satisfacían de algún modo.

–Yo... decía que arreglaría la compra del restaurante...

—Ah, sí —cortó Antonio—. Esto se está alargando demasiado, Tom. Y, con franqueza, empiezo a cuestionar tu modo de llevar la situación.

—Comprendo que está tardando más de lo que te gustaría, pero te aseguro que llevo el asunto de la mejor manera posible. Por ejemplo, me he asegurado de que la señorita Heart desconozca que estás involucrado en el negocio. He recurrido a Lancier, tu empresa subsidiaria, para todos los contactos que he mantenido con ella.

—¿Y qué sentido tiene eso? —entrecerró los ojos—. Yo no hago negocios por la puerta trasera, Tom.

—¡Puedo garantizarte que es perfectamente legal! —se irguió—. Lo que he conseguido así es mantener el precio bajo, ya que ella desconoce la importancia estratégica que tiene para nosotros su edificio.

—Aumenta la oferta, Tom, y cierra el trato —le dijo con displicencia. Tenía cosas más importantes de las que ocuparse.

—Con todo el respeto, no necesitamos incrementar la oferta. Creo que la reticencia de la señorita Heart a vender se debe al hecho de que tiene un vínculo emocional con el edificio... aparte de que le preocupa que sus empleados pierdan el trabajo.

—Bueno, pues entonces arregla que los redistribuyan en alguna parte de mi empresa. Voy a abrir un hotel nuevo al lado de ella, por el amor del cielo. Lo dejo en tus manos —recogió el maletín y llevó la mano al pomo de la puerta—. Mientras tanto, almorzaré aquí.

—¿Aquí? —preguntó Tom sobresaltado.

—¿Por qué no? Parece un restaurante bastante decente y estoy justo delante. Sugiero que vuelvas a la oficina, hagas números y cierres el acuerdo esta tarde.

El calor lo golpeó como un néctar cálido después del frescor del aire acondicionado del coche. Era agradable estar en el exterior después del largo viaje desde Europa, agradable estar lejos de Tom Roberts. Realmente se trataba de un hombre voraz. Pero se recordó que ése era el motivo por el que lo contrataba. Necesitaba hombres que supervisaran cada operación en cada lugar, y Tom era su hombre en Sídney. El objetivo que tenía era el de mantener a la compañía en forma y capaz de sobrevivir al duro clima económico imperante. Y en general realizaba un gran trabajo. Se habían expandido; ése era el décimo hotel que tendrían en Australia.

Sin embargo, había que controlarlo. En ocasiones su ego parecía disfrutar demasiado del poder que ostentaba.

Con ritmo pausado, cruzó la amplia acera al tiempo que observaba todos los aspectos del restaurante. No cabía duda de que la señorita Heart había elegido un buen emplazamiento. El local se hallaba en una calle principal junto a un parque frondoso, pero lo bastante cerca del mar como para disfrutar de esas vistas desde la terraza superior. Era una pena que prácticamente estuviera empotrado en el edificio que él acababa de comprar.

Si alzaba la cabeza, podía ver el nuevo hotel Cavelli levantándose detrás del restaurante, ocupando más de dos manzanas de la calle de Sídney. Estaba haciendo que rehabilitaran todo el lugar sin ahorrar en gastos. El nombre Cavelli era sinónimo de lujo y elegancia y ya estaba reservado al completo dos meses antes de que lo inauguraran.

La señorita Heart era, literalmente, una espina clavada en su costado. Su restaurante tenía que desaparecer para hacerle sitio a algunas boutiques de marca y una nueva entrada lateral.

Al entrar en la zona de recepción notó con cierta sorpresa que los suelos de parqué estaban barnizados y los sofás pálidos estratégicamente situados para que dieran a la vegetación del parque. La señorita Heart tenía buen gusto. El trazado y el diseño del local eran impresionantes. Y por lo que podía ver de la parte principal del restaurante, se hallaba bastante ocupado, con una clientela que parecía consistir principalmente de hombres de negocios. Pero había algunas mesas libres.

No había nadie detrás de la mesa de recepción y estaba a punto de entrar en el restaurante cuando se abrió la puerta detrás del escritorio y salió una mujer joven. Llevaba unas carpetas en una mano, un bolígrafo en la otra y parecía enfrascada en lo que fuera que ocupaba su mente.

—Buenas tardes, señor, ¿puedo ayudarlo? –preguntó distraída y sin mirarlo mientras dejaba las carpetas en la mesa.

—Sí, quisiera una mesa para comer.

—¿Cuántos serán? –siguió sin mirarlo; parecía buscar algo entre las carpetas.

—Sólo uno –la observó lentamente. Adivinó que tenía veintipocos años, aunque el traje oscuro que llevaba correspondía a una mujer mayor y no favorecía en nada su figura esbelta, mientras la blusa de abajo estaba abotonada seguramente hasta el cuello.

Divertido, pensó que parecía una profesora anticuada o una bibliotecaria del siglo XIX. Llevaba el largo cabello negro retirado con severidad de la cara sujeto en un moño y lucía unas gafas de montura negra que parecían demasiado pesadas para su rostro pequeño.

Victoria encontró el archivo que buscaba y alzó la vista, interceptando el detallado análisis al que estaba siendo sometida. Y de pronto se ruborizó.

Ya había llegado a la conclusión de que era italiano, con un acento sexy que llegaba hasta la médula, pero el hecho de que también fuera increíblemente atractivo hizo que se sintiera mucho más abochornada. ¿Por qué la miraba de esa manera? ¡Cómo se atrevía!

–¿Cree que puede encontrarme un sitio? –preguntó con neutralidad.

–Quizá... un segundo y echaré un vistazo –sabía muy bien que tenía varias mesas libres, pero no hacía ningún daño farolear un poco–. Sí... –con el dedo trazó una línea imaginaria en el cuaderno de reservas–. Sí, tiene suerte.

Al oír eso, se mostró divertido. Y ella tuvo la impresión de que sabía muy bien que no había necesitado consultar las reservas.

Ella llegó a la vehemente conclusión de que era un hombre muy irritante. Y esos ojos atrevidos y penetrantes la estaban poniendo muy nerviosa.

Llevaba un traje de marca y caro y tenía el físico más perfecto y poderoso que había visto.

Estaba fuera de su alcance... era evidente que un hombre como ése sólo saldría con las mujeres más hermosas del mundo, y, desde luego, ella no figuraba entre ese grupo.

Además, tenía cosas más importantes en las que pensar... a saber, tratar de salvar su restaurante. En una hora tenía una reunión en su banco y debía ser capaz de convencerlos de que podía sobrellevar esa recesión, de lo contrario... bueno... lo podía perder todo.

–Haré que alguien lo acompañe a su mesa –miró alrededor en busca de su recepcionista, Emma, pero no la vio.

Ansiosa, se preguntó dónde estaba. No quería abandonar la seguridad del escritorio.

Sus ojos se encontraron por encima de la mesa.

–Lo siento... sólo será un minuto.

–Quizá debería acompañarme usted –dijo con tono perentorio–. Tengo una agenda apretada.

–Oh... sí, por supuesto –irritada consigo misma por ser tan patética, alzó el mentón y se puso en marcha. No sabía qué le pasaba. Uno de sus puntos fuertes era su habilidad para tratar con la gente. De hecho, sus clientes habituales se mostraban encantados cuando era ella quien estaba en la recepción, porque siempre los recordaba y era capaz de entablar conversaciones con ellos sobre sí mismos.

Antonio la observó rodear el escritorio y guiarlo por el restaurante lleno. Llevaba zapatos bajos que no resaltaban nada sus piernas. Pero notó que tenía tobillos bonitos y unas piernas bastante decentes... o al menos lo poco que podía ver de ellas. Para una mujer joven, quedaba claro que iba demasiado formal y seria. Era como si temiera que un hombre pudiera mirarla de cualquier modo que tuviera algo de sexualidad.

La idea lo intrigó.

Cuando ella se volvió para apartarle una silla, captó el modo en que la miraba y de inmediato la recorrió una oleada de rubor al verse sometida al escrutinio de esos ojos negros, tal como había imaginado.

Quedaba patente que la consideraba una mujer simple y de poco atractivo. Se dijo que eso importaba poco. No tenía tiempo para esas cosas; no obstante, no pudo evitar que le doliera.

–Llamaré a una camarera para que le tome el pedido –musitó.

–No –con firmeza, la detuvo antes de que pudiera marcharse–. Como ya he dicho, tengo prisa. Así que usted puede apuntar lo que deseo.

Lo observó abrir el menú. Una parte de ella quiso marcharse y soslayar esa orden. Pero por las buenas relaciones con los clientes, su parte sensata se lo impidió.

–De acuerdo –intentó adoptar una actitud de trabajo y olvidar todo lo demás–. Le puedo recomendar los especiales del chef. Los *Penne Arrabiata* y los *cannelloni*.

–¿Sí? –volvió a estudiarla.

Probablemente, recomendarle comida italiana a un italiano no era su mejor decisión.

–Están muy buenos –alzó el mentón; sentía la máxima confianza en su chef–. Mejor que mi pronunciación de los platos, se lo aseguro.

Él rió.

–En realidad, no he pensado que su pronunciación italiana fuera demasiado mala. Sólo tiene que mover la lengua alrededor de las palabras un poco más –pronunció los nombres de la comida con un tono lento y suave.

No supo que eso hizo que le hirviera la sangre. Distraída, se preguntó cómo podía lograr que dos platos corrientes de un menú sonaran como una especie de preludio a un acto amoroso.

–Bueno.... lo... lo... tendré en consideración –repuso con rigidez.

–Sí, hágalo –una vez más sus ojos reflejaron un destello de diversión antes de centrar su atención en el menú.

Desconcertada, no supo por qué la hacía sentir torpe e insegura... *y consciente de sí misma como mujer.*

Antonio alzó la vista y percibió un destello de vulnerabilidad en esos ojos verdes. Duró unos segundos, antes de ocultarlo detrás de esas pestañas largas con la típica expresión reservada y velada.

–¿Se ha decidido? –le preguntó, y jugó nerviosamente con las gafas que llevaba en la punta de la nariz.

Le extrañó qué podía haber impulsado esa expresión en ella, ya que no le interesaba. No era su tipo.

Cerró el menú y se lo entregó.

–Sí, aceptaré su recomendación y tomaré los *Penne Arrabiata.*

–¿Y para beber? –empujó la lista de vinos en su dirección.

–Agua, gracias, necesito mantener la mente despejada para realizar negocios esta tarde.

–De acuerdo –fue a marcharse, pero él la detuvo.

–A propósito, ¿está su jefa hoy en el restaurante? –preguntó.

–¿Mi jefa? –lo miró ceñuda.

–Sí. La propietaria del establecimiento –expuso con claridad.

–La tiene delante –la sorpresa que vio en sus facciones atractivas la divirtió.

–¿Usted es Victoria Heart?

–Así es. ¿Quería hablar conmigo sobre algo?

–No, en realidad, no –por algún motivo, había esperado que le señalara a la mujer que en ese momento se hallaba de pie en la recepción–. Es más joven de lo que esperaba que fuera.

–¿Sí? –se mostró desconcertada–. Tengo veintitrés años. Lo siento, pero... ¿por qué está interesado?

–Simple curiosidad –sonó su teléfono móvil y lo sacó para contestar–. Gracias por la recomendación para el almuerzo –le dedicó una sonrisa fugaz y se concentró en la llamada.

Sabía que la estaba despidiendo y agradecida se habría marchado en el acto, pero antes de poder moverse lo oyó decir: «Sí, Antonio Cavelli».

Antonio Cavelli. Permaneció rígida donde se hallaba. ¿Era el mismo Antonio Cavelli que había comprado el hotel que había al lado de su restaurante?

Al ver que ella seguía sin mostrar atisbo alguno de moverse, tapó el auricular y alzó la vista.

–Gracias, pero me gustaría que me sirvieran la comida lo más rápidamente posible –expuso con sequedad.

–Sí... sí, desde luego –recuperándose, se marchó con celeridad a hacer el pedido a la cocina.

–¿Todo listo para la reunión en el banco, Victoria? –le preguntó Berni, el chef, mientras depositaba dos platos sobre la encimera, listos para que se los llevara una de las camareras.

–Sí, tengo todo el papeleo en orden.

–Llevas unos años dirigiendo un negocio con éxito. No pueden decir que no sabes lo que haces.

–No, eso no lo pueden decir –sonrió. Cuando Berni había ido a trabajar con ella hacía un año y medio, la había tratado con una especie de desdén cauteloso. Pero un día, parte del personal no se había presentado y ella se había puesto a trabajar codo a codo a su lado. Desde entonces se habían llevado muy bien. Y recibir ese comentario era ciertamente un halago si salía de la boca de su temperamental chef.

–Estoy seguro de que todo irá bien –añadió él.

La tensión que había sentido toda la mañana se reavivó. No quería decirle a Berni que no era tan optimista como él. Acababa de ser padre y necesitaba el trabajo... pero lo mismo sucedía con el resto del personal. Aunque eso al banco le iba a importar bien poco. Como tampoco le importaba que ella misma fuera la madre soltera de un niño de dos años y que prácticamente se quedaría en la miseria si su negocio cerraba. Para el banco, no era más que un número en un papel.

Y en ese momento los beneficios habían bajado y los gastos se habían incrementado bastante... gracias al nuevo propietario, Lancier. Lo que le inspiraba la sensación horrible de que la visita que iba a realizar al banco no sería agradable. Y dada la situación económica general, no creía que fueran a extenderle el préstamo.

Lo que significaba que o vendía a Lancier o se enfrentaba a la bancarrota.

La sola idea le revolvió el estómago. Antes habría preferido vender a un monstruo devorador de seres humanos que a la empresa que adrede había intentado ahogarla. Pero si el banco decía que no, entonces Lancier era su única alternativa viable.

A menos que...

Fue a las puertas de la cocina y miró por uno de los ojos de buey hacia la mesa de Antonio Cavelli.

Él podía ser su salvación.

Había creado un plan de negocios nuevo en torno al hecho de que el hotel Cavelli abriría junto a ella. La sencilla premisa era que el local sería un punto de acceso ideal a su hotel. Recibía mucho negocio de paso de la ajetreada avenida, mientras que el hotel estaría aislado entre jardines. Llevaba tres meses intentando ponerse en contacto con Antonio Cavelli para contarle su plan y exponerle algunas ideas... que le darían a sus clientes un acceso lateral a su hotel a cambio de que ella pudiera seguir dirigiendo el restaurante al amparo de su negocio. Ni siquiera tendrían que realizar cambios estructurales; en la parte de atrás del restaurante ya había un patio que los conectaba. Sólo tendrían que abrir las puertas para ofrecer acceso.

Le había escrito correos electrónicos a él y al presidente de la empresa, Luc Cavelli, casi todas las semanas. Incluso les había adjuntado hojas de cálculo con números estimados de los ingresos que obtendrían. Pero sin éxito... no habían contestado a ninguna de sus cartas.

Pero en ese momento ahí lo tenía, a punto de comer en su restaurante.

Quizá fuera el destino. O quizá había leído sus ideas y le habían gustado. Después de todo, había pedido ver a la dueña del restaurante... *había conocido su nombre*.

Capítulo 2

ANTONIO alzó la vista cuando Victoria depositó la jarra de agua en su mesa. Había terminado la llamada telefónica y en ese momento hojeaba unos papeles que le había enviado su arquitecto acerca de los planes para que unas boutiques reemplazaran a ese restaurante.

–Gracias –asintió y volvió a centrar su atención en los documentos. Pero pasado un momento fue consciente de que ella seguía allí de pie.

–¿Algo más? –la miró con curiosidad.

–Bueno, en realidad, sí. Me preguntaba si podía hablar con usted un momento –no le contestó. Se reclinó en la silla y la observó con frialdad. Victoria necesitó todo su valor para continuar–. Usted es mi nuevo vecino, ¿verdad? Antonio Cavelli, el magnate de los hoteles.

Él inclinó la cabeza en gesto de confirmación.

–No sabe cuánto me complace conocerlo. ¿Le importa si me siento un momento? –no aguardó que respondiera. La asustaba como nadie, pero estaba desesperada–. De hecho, le he estado enviando correos electrónicos con algunas propuestas de negocios. Me pregunto si recibió alguno.

–No, no puedo decir que los recibiera –enarcó una ceja negra.

–Como mi restaurante prácticamente está pegado a

su hotel, he pensado que podríamos hacer algunos negocios juntos —mientras hablaba, sirvió un vaso con agua para cada uno.

A pesar de todo, la curiosidad de Antonio despertó. Cuando ella hablaba de negocios, notaba que toda su actitud se transformaba. Los ojos verdes le brillaban por el entusiasmo y el cuerpo se le relajaba. Y era muy elocuente.

Parecía que había identificado que una entrada lateral a su hotel le resultaría beneficiosa y había estructurado una propuesta detallada para incorporar el restaurante a su negocio. De hecho, había desarrollado una estrategia comercial completa que resultaba asombrosamente competente. Era evidente que tenía una buena mente para los números y que era muy brillante y astuta, aunque no era algo que él pudiera querer.

En cuanto ella hizo una pausa para respirar, él alzó la mano.

—Señorita Heart.

Ella sonrió expectante.

—Llámeme Victoria, por favor.

—Victoria, lo siento, pero no me interesa...

—Pero con esa entrada usted se beneficiaría y...

—Aun así, sigo sin estar interesado —cortó con firmeza. Pudo ver la decepción en sus ojos.

—¿En serio? —hizo una pausa—. Pensé que tal vez había recibido uno de mis correos electrónicos y por eso había venido hoy a comer aquí.

—No he recibido ninguno de sus correos —corroboró con sinceridad—. Inspeccionaba trabajo que se está llevando a cabo al lado. Y el único motivo por el que entré a comer aquí fue la comodidad.

—Comprendo —se mordió el labio un momento—. Bueno, ya que está aquí, ¿tal vez pueda darle mi plan de negocios? —lo miró esperanzada—. Lo tengo impreso en mi despacho. Puedo guardarlo en un carpeta y dejárselo en la recepción para que se lo lleve.

Aparte de tener unos labios suaves y una boca con una forma muy bonita, tuvo que reconocerle que era tenaz.

—Si quiere, puede dejarlo y yo me lo llevaré. Pero por lo que a mí respecta, la respuesta es no.

—Bueno, nunca se sabe... quizá cambie de opinión cuando le eche un vistazo —le sonrió.

La camarera le llevó la comida y Victoria apartó la silla y se puso de pie.

—Gracias por dedicarme su tiempo —dijo con educación—. Espero que disfrute de su almuerzo.

Después de su reunión en el banco, Victoria recogió a Nathan en la guardería. Luego, como de costumbre, le dio un paseo por el parque.

El sol se abría paso entre el ramaje de los árboles y los eucaliptos llenaban la atmósfera de un olor fragante. Costaba creer que en un día de septiembre tan hermoso su vida se estaba desmoronando, ya que el banco le había dado una negativa y ésa había sido su última esperanza.

En el fondo había sabido que no le extenderían el préstamo, pero no dejaba de representar una decepción.

Todo por lo que había trabajado tan duramente se le escapaba de los dedos. Angustiada, se preguntó cómo había sucedido. ¿Cómo podía pasar en un momento de ser la propietaria de un restaurante próspero y con éxito a mirar de cara a la bancarrota al siguiente?

Con el corazón henchido de amor, pensó que al menos tenía a Nathan. Era lo más importante de su vida. Todo lo demás se podía solucionar.

Pero, ¿qué sería de ellos a partir de entonces? La pregunta se enroscó en sus entrañas, llenándola de miedo. Todo lo que tenía estaba atado al negocio.

Victoria había experimentado la pobreza de pequeña. Sus padres habían intentado esconderle los problemas por los que pasaban, pero recordaba muy bien la cruda realidad de aquella situación. Su padre había fallecido cuando ella tenía trece años... habían perdido la casa familiar y durante un tiempo su madre y ella habían vivido en un apartamento pequeño en un barrio de la periferia de Londres.

Había sido un momento realmente terrible y menos de un año después su madre había muerto, dejándola a ella al cuidado de los servicios sociales hasta que habían localizado a una hermana que tenía en Australia y la habían enviado a vivir con ella.

Nunca había conocido a su tía Noreen hasta que el avión se había posado en el aeropuerto de Sídney. Recordaba lo nerviosa que había estado. Lo único que había sabido era que se trataba de la hermana mayor de su madre, pero que nunca habían estado próximas la una de la otra.

Y nada más verla lo entendió, ya que era evidente que no se trataba de una mujer sentimental y que cuidar de una joven de catorce años no era algo que hubiera deseado. De hecho, desde el principio le había dejado bien claro que la había acogido porque se había sentido obligada a ello.

Noreen se hallaba próxima a los cincuenta años y era una mujer de negocios formidable. Era propietaria de un restaurante pequeño en Bondi Beach y puso a Victoria a trabajar allí nada más aterrizar.

–Tendrás que pagarte el viaje, muchacha. No puedo permitirme el lujo de tener pasajeros –le había dicho mientras le arrojaba un mandil–. Puedes tener dos tardes libres durante la semana escolar, el resto del tiempo empiezas a trabajar a las seis y media.

Aquellos años habían sido duros, pero había hecho lo que le habían dicho y había mostrado una aptitud natural tanto para la cocina como para los negocios. Noreen se había sentido complacida. Persona emocionalmente fría, carecía de tiempo para las falsas apariencias de ser mujer, pero le había enseñado bien las cuestiones de los negocios, animándola a ir a la universidad a estudiar economía y catering.

Al cumplir los veinte años, dirigía el negocio de Noreen ella sola, aunque las horas eran largas y duras y no disponía de tiempo para sí misma.

Al mirar atrás, comprendía que había sido una ingenua al creer en aquellas palabras dulces. Pero había estado muy sola y él había conseguido que se sintiera muy especial... la había admirado y mostrado interés en todo lo que hacía, y ella se había enamorado.

Pero había sido un gran error. En cuanto se fue a la cama con Lee, su interés se había evaporado y la había dejado de lado para pasar a su siguiente conquista.

Sintió vergüenza al recordar cuando fue a verlo para comunicarle que estaba embarazada y la calma con la que le dijo que abortara, entregándole un cheque por encima de la mesa.

Había querido romperlo y tirárselo a la cara. No había tenido intención alguna de abortar ni de darle a Noreen el placer de echarla, algo en lo que su tía había insistido con frialdad que haría si seguía adelante con el embarazo. A cambio, había dado un salto de fe, cobrado el cheque y usado el dinero para entregarlo como adelanto para un apartamento muy pequeño.

—¿A qué demonios estás jugando? —había demandado Noreen al verla preparar la maleta para marcharse.

—Hago lo que me dijiste que debería hacer. Depender sólo de mí.

Recordaba la furia de su tía.

—¡Eres como tu madre! Bueno, pues no pienses que podrás volver cuando la situación se ponga fea, porque no podrás. No quiero tener nada que ver contigo.

—Está bien. No volveré. Y para dejar constancia, puede que mi madre estuviera embarazada de mí al casarse con mi padre, pero se amaban con todo el corazón. Aunque tú no podrías entender un sentimiento semejante.

—Oh, claro que lo entiendo. Entiendo que tu madre me robó al único hombre que alguna vez quise, atrapándolo al quedar embarazada de ti...

Las palabras amargadas que inundaron el silencio habían explicado tanto sobre la frialdad y el desprecio de Noreen a lo largo de los años... el desdén vehemente que siempre había mostrado hacia Victoria, los insultos velados.

Nunca más había vuelto a verla. Dos meses después, en su vigésimo primer cumpleaños, había recibido la carta de un abogado. Al parecer, su madre había contratado un seguro de vida cuyo dinero se había invertido y guardado en fideicomiso hasta su mayoría de edad.

La mañana en la que recibió la carta se había derrumbado y llorado como una niña. Había sido un maravilloso y último regalo de su madre en el momento en que más lo necesitaba, por lo que había tomado la firme decisión de emplearlo para que tanto su hijo como ella tuvieran una vida mejor.

Y lo había hecho.

Había encontrado una pequeña y coqueta cafetería en alquiler y había empezado a vender té, café y sus pastas y bollos caseros. Cuando Nathan nació, había podido permitirse el lujo de contratar a otra chica para que la ayudara. Seis meses más tarde, había ampliado el local y con la ayuda de un préstamo bancario había convertido la cafetería en un próspero restaurante con un pequeño estudio adyacente para Nathan y ella.

En ese momento le había enviado una carta a Noreen en la que le informaba de que le iba bien, e incluso le había adjuntado algunas fotografías del pequeño, pero su tía jamás respondió y nunca la visitó.

En ese momento sonó el teléfono y lo sacó del bolsillo con una sensación de esperanza. Quizá fuera Antonio Cavelli... quizá había leído su propuesta de negocio y había cambiado de parecer.

Claro que no era él; ya le había expuesto que no le interesaba su propuesta. Sintió un nudo en la garganta. Pero aún no estaba preparada para reconocer la derrota y entregar su preciado negocio. ¡Y menos a Lancier!

—Ah, sí, señor Roberts. Llamé antes y le dejé un mensaje a su secretaria informándole de que me sería imposible mantener nuestra reunión. Por desgracia, no he podido conseguir una niñera para mi hijo. ¿Podríamos retrasarla para últimos de semana?

—No me va bien, señorita Heart —repuso el otro con tono de furia—. Puedo sugerirle que traiga a su hijo a la oficina. Debemos discutir las condiciones hoy mismo. De lo contrario, no puedo prometerle que mañana esta oferta generosa por su negocio siga sobre la mesa.

—¿Cómo va todo?

La pregunta displicente de Antonio desde la puerta hizo el contable se pusiera nervioso al colgar el auricular. No había notado la presencia de su jefe allí de pie.

–Controlado –afirmó con determinación, a pesar de que no parecía en nada bajo el control de la situación.

De hecho, se lo veía agitado.

–¿Es correcto afirmar que la señorita Heart sigue dándote largas? –entró en el despacho.

–Intenta mostrarse algo esquiva, pero no es nada que no pueda manejar.

–Mmm –recordó el modo en que esa tarde Victoria Heart se había aproximado a él con su idea de negocio, mirándolo con esos inteligentes ojos verdes.

No supo por qué pensaba en aquello. De hecho, en ese momento había cosas más importantes en su cabeza. Fue hacia el aparato de Fax en un costado de la mesa de Tom y alzó los documentos que le había enviado su abogado.

Al leer la última directriz de su padre, irritado pensó que cuanto antes adquiriera el control de las acciones que tenía éste de la empresa, mejor. Era evidente que el viejo había perdido por completo la cordura... ¡o bien se estaba riendo a su costa!

¡Esa falacia de que le daba un ultimátum porque lo quería y anhelaba que sentara la cabeza en vez de trabajar tan duramente era simplemente ridícula! Lo único que le había importado alguna vez a Luc Cavelli era él mismo. Y siempre había tenido una sensación exagerada de su propia importancia, una arrogancia que parecía haberse volcado en la obsesión de que Antonio se encargara de continuar con la generación futura de la familia Cavelli.

Movió la cabeza. En una ocasión le había dicho a su padre que no tenía intención de casarse jamás, y lo había dicho en serio. Disfrutaba demasiado con su libertad... en ese sentido, probablemente era como su padre. Pero a diferencia de éste, él tomaba en consideración las consecuencias de sus actos y creía en ser sincero consigo mismo y con las mujeres con las que salía. El desastre del matrimonio de sus padres le había servido como una advertencia clara contra cualquier otra cosa.

En cuanto a traer al mundo a un pobre niño inocente sólo para ganar unas acciones de un negocio o para satisfacer las ambiciones de su padre... más le valía a éste replantearse el ultimátum. Un bebé era el mayor compromiso de todos y no figuraba en su agenda.

—En cualquier caso, se lo dejé bien claro —explicaba Tom Roberts satisfecho—. Le dije que la oferta no estaría mañana sobre la mesa si no se presentaba hoy.

Antonio apenas escuchaba. Se hallaba de espaldas y leía la directiva de su padre con la documentación adjunta.

Cada día que pasa me hago más viejo, Antonio. Lo único que te pido es que te cases y me des un nieto. En cuanto lo hayas hecho, encantado te cederé todas mis acciones de la empresa.

—Reaccionó de inmediato. Sabe que le hemos hecho una gran oferta.

La voz de Tom era como un zumbido irritante.

—Estupendo... —murmuró distraído. Alzó la vista de los papeles y miró la calle de abajo.

Un taxi se detenía ante el edificio y de él vio bajar a Victoria Heart.

Parecía que Tom tenía razón. Se dijo que ya tenía un problema menos que resolver. Iba a retirarse cuando notó que ella llevaba un niño en brazos y que se afanaba por sacar un cochecito plegable del asiento del vehículo.

Frunció el ceño.

—No sabía que la señorita Heart tenía un hijo.

—Sí, es madre soltera. Investigué un poco cuando inicié las negociaciones. Nunca se ha casado y no hay nin-

gún hombre en su vida ni recibe pensión de manteni-
miento –indicó Tom con desdén–. Otro motivo por el
que no puede rechazarnos.

Antonio se quedó quieto.

–En cualquier caso, déjamelo a mí –le dijo el otro–.
Te cerraré el trato en la próxima hora.

–He cambiado de idea...

–¿Perdona? –lo miró sorprendido.

–He cambiado de idea. Dile a Victoria Heart cuando
suba que la oferta se ha cancelado y luego pídele a mi
secretaria que la acompañe a mi despacho.

–Pero... –Tom enrojeció–. Pero...

Con una sonrisa, Antonio regresó a su despacho. Había encontrado la solución perfecta para el problema
que le había planteado su padre. Y ésta no era otra que
Victoria Heart.

–¿Qué quiere decir con que la oferta se ha cancelado? –Victoria miró al contable horrorizada. Había
creído que lo peor que podía pasarle era venderle su negocio a Lancier, pero en ese momento descubría que no
era así. Lo peor era que la venta se anulara, ya que eso
significaba la certeza de la bancarrota.

–Mi jefe ha cambiado de idea –Tom se encogió de
hombros–. Le dije que no se demorara... se lo advertí.

Trasladó a Nathan a su otro brazo y se esforzó en
mantener la calma, aunque le costó, viendo la frialdad
con la que el otro estudiaba unos papeles..

–¡Pero si hemos hablado por teléfono hace un rato!

–Como le he explicado, ya no depende de mí –volvió a encogerse de hombros–. Expóngaselo al dueño de
la empresa. Dijo que podía ir a verlo –cerró la carpeta
que tenía delante y alzó la vista–. Es la puerta que hay
al final del pasillo. Haré que su secretaria la acompañe...

Antes de que terminara de hablar, Victoria había abandonado el despacho y marchaba por el pasillo. No iba a esperar a ninguna secretaria.

Sin llamar a la puerta, abrió y entró en el amplio despacho iluminado por la luz solar. Por un momento, pensó que había entrado en algún universo paralelo cuando sus ojos se encontraron con los del hombre que había del otro lado del despacho.

¡Antonio Cavelli!

¿Qué hacía ahí? Su mente se debatió con la situación, aferrándose al bebé que tenía en brazos como si fuera su único cabo con la cordura.

En cambio, Antonio estaba perfectamente relajado mientras hablaba por teléfono con alguien en italiano. La miró y le indicó que se sentara en el sillón que había del otro lado de la mesa.

—Sólo será un momento —le dijo en inglés antes de centrarse otra vez en la conversación telefónica.

Victoria no se movió. Fue consciente de que la secretaria que había en la oficina exterior entraba y susurraba una disculpa acerca de la irrupción, pero él la despidió con un gesto de la mano. Luego la puerta se cerró.

—En mi opinión, ésta es la solución perfecta —le dijo Antonio a su abogado en italiano mientras estudiaba lentamente a Victoria, desde los zapatos planos hasta la poco halagüeña falda que le llegaba hasta la mitad de las pantorrillas, antes de detenerse en la mano izquierda con el fin de cerciorarse de que no lucía anillo alguno.

Sonrió.

—Pero no me malinterpretes, Roberto. Sólo se tratará de un matrimonio nominal... una jugada de negocios. Me divorciaré en cuanto las acciones sean mías. Y lo que hace que esto sea perfecto es que ella ya tiene un hijo —posó la vista en el niño pequeño que descansaba en los brazos de Victoria mientras escuchaba las palabras de su abogado. Notó la forma protectora en que lo tenía pegado al cuerpo–. He leído los documentos, Roberto –prosiguió–. El viejo se olvidó de estipular que el niño debía ser descendencia directa de un Cavelli. Ni siquiera menciona el apellido Cavelli. Así que ya ves adónde quiero ir con esto... un matrimonio de conveniencia con una mujer que ya tiene un hijo resulta perfecto

Sonrió con gesto de triunfo al imaginar el horror de su padre cuando descubriera el error y comprendiera que no le quedaba otra alternativa que entregarle todas las acciones de la empresa. De hecho, estaba impaciente por casarse y presentar a esa mujer como su esposa.

–Lo dejaré en tus competentes manos, Roberto... quiero que redactes de inmediato un contrato hermético y un acuerdo prematrimonial –estudió el calendario que tenía sobre el escritorio–. He de volar a Italia el lunes próximo. Así que podré casarme con ella esa tar... Sí, tengo un par de horas libres antes de que despegue el avión... lo que te brinda una semana para ocuparte del lado legal del asunto. Obtendré todos los detalles de ella, el nombre completo del niño, etcétera, y volveré a llamarte.

Colgó el auricular y el silencio invadió el despacho como un manto de hielo. Ella lo miraba con ojos centelleantes y entrecerrados como los de una gata arrinconada y lista para saltar.

–Siéntese –ofreció en inglés y volvió a indicarle el sillón, pero ella no se movió.

No había entendido ni una palabra de lo que había estado hablando, pero había notado cómo la había estudiado y el cuerpo aún le hormigueaba por la consternación. La había hecho sentir como si fuera una especie de objeto listo para salir a subasta al que se le había encontrado algún defecto.

¡Cómo se atrevía a mirarla de esa manera! ¿Quién demonios se creía que era?

–¿Qué es lo que está pasando aquí? –se odió por hablar con voz poco firme. Quería mantener el control y bajo ningún concepto quería mostrarle lo nerviosa que la ponía–. Tengo entendido que es usted el hombre que hay detrás de la operación de adquisición de mi restaurante. Y que se ha estado ocultando detrás del nombre de otra empresa –alzó el mentón con orgullo.

–Yo soy Lancier. La empresa es mía –expuso relajado.

–Puede que sea así, ¡pero es un hecho que por conveniencia hoy olvidó mencionarlo en el restaurante!

–Fui a su restaurante a almorzar, no a hablar de negocios –se reclinó en el sillón y la observó fijamente–. Como sabe, mi contable, Tom Roberts, es quien ha estado llevando mis negocios en Australia. Yo acabo de llegar para supervisar la situación.

–¿Y ha decidido que ya no quiere comprar el contrato de mi restaurante? –su voz sonó más suave... toda la ira y las recriminaciones enterradas bajo un peso más grande de preocupación.

–He cambiado de idea acerca de la situación... sí –lo distrajo el niño, que giró en sus brazos para mirarlo con ojos oscuros.

–¿Le importa decirme por qué? –susurró mientras pasaba a su hijo a la otra cadera.

–Iba a exponerle mis motivos –indicó el sillón–. Siéntese, Victoria.

Ella obedeció y se sentó con piernas temblorosas. Se preguntó si acababa de imaginarse el interés de él en su cuerpo al volver a observarla. Cuando los ojos se encontraron, en su interior se intensificó la oleada de calor.

Sabía muy bien que Antonio Cavelli no estaba interesado en ella... pero ahí estaba, ruborizándose como una colegiala. ¡Necesitaba controlarse!

–Ha leído mi proyecto de negocio –preguntó de repente.

A Antonio le resultó bastante divertido que siguiera sonrojada. Estaba acostumbrado a mujeres sofisticadas y la reacción que mostraba ante él lo fascinaba.

La miró a la cara y descubrió que se preguntaba cómo estaría sin las gafas que dominaban por completo su rostro y no la favorecían en nada.

–¿Proyecto de negocio? –durante un segundo fue incapaz de recordar de qué hablaba. Luego recordó la carpeta que la recepcionista de ella le había entregado al salir del restaurante–. Oh, eso... no. Creo que lo dejé claro esta mañana. Su idea no es algo que piense considerar.

–Pero...

–Victoria, tengo un plan que podría sacarla del apuro de su restaurante, pero mi tiempo es limitado. Dentro de veinte minutos tengo una reunión importante, así que le agradecería que continuáramos –se adelantó con gesto impaciente y ella se hundió en el sillón.

Irradiaba un aura de poder que la intimidaba, ¿o sería esa sensualidad descarnada que parecía brillar en sus ojos oscuros? Era todo lo que debería ser un hombre y más. Llevaba ropa cara y sofisticada, sus facciones eran marcadas y atractivas de un modo muy varonil.

Hacía que se sintiera muy consciente de su propia feminidad e incompetencia en ese campo.

–Dígame, ¿está casada? –inquirió él de sopetón.

–¿Casada? –la pregunta la desconcertó por completo. Movió la cabeza confundida–. ¿Y por qué me pregunta eso?

–¿Y vive sola? ¿No hay ningún hombre en su vida? –insistió él.

–Eso... ¡no es asunto suyo! –tartamudeó–. ¿De qué va todo esto?

–Lo tomaré como un no, ¿de acuerdo? –alzó la mano cuando vio que ella iba a interrumpirlo otra vez–. Tiene razón, no es asunto mío –concedió sin reparos–. La cuestión es que tengo una proposición para usted.

Sintió que el corazón se le desbocaba.

–¿Qué clase de proposición?

Su nerviosismo lo divirtió.

–Una proposición estrictamente de negocios, se lo aseguro.

Sin saber cómo, logró mantenerle la mirada con expresión desafiante. Muy bien, le dejaba claro que no estaba interesado sexualmente en ella... pero ella tampoco en él. Lo único que le importaba era su negocio.

–Bien, entonces, quizá sea mejor que se explique con mayor claridad. Quiere comprar el contrato de mi restaurante, ¿sí o no?

–Para serle perfectamente franco, jamás quise comprar su restaurante. Lo que quería era que usted abandonara el local. Tengo planes de reestructuración para la zona.

La respuesta sin ambages no era para nada lo que ella había esperado.

–¿Quiere decir que planea derribar el local...?

–A grandes rasgos... sí, pero estoy dispuesto a ser muy generoso con usted, Victoria –cortó con inteligencia, con un ojo puesto en el reloj. No podía perder mucho más tiempo en eso–. Lo que le propongo es trasladar su negocio al emplazamiento que elija usted en la ciudad. Yo cubriré todos los gastos, incluidos los del personal durante el periodo de transición en que no trabaje, la decoración y el equipamiento completo del local nuevo más los gastos de publicidad, aparte de que la compensaré generosamente por las molestias ¿Le parece bien duplicar la cantidad de dinero que le ofreci-mos la primera vez?

Ella abrió mucho los ojos.

—¿Dónde está el truco? —preguntó con inseguridad—. ¿Por qué de repente está dispuesto a pagar tanto?

—Porque a cambio quiero algo de usted.

Nathan no paraba de moverse sobre su rodilla. Es-taba aburrido y quería que lo bajara al suelo, pero lo mantuvo donde estaba, a salvo en sus brazos.

—¿Se refiere además de dejar que derribe mi restau-rante?

—Creo que ya he cubierto eso con una oferta más que generosa —respondió Antonio con sencillez—. Estará cu-bierta económicamente de por vida si yo la respaldo en su nueva empresa. No, lo que quiero de usted es un poco de su tiempo.

Lo miró con suspicacia.

—Necesito una esposa —expuso él sin rodeos.

Hizo la declaración de forma tan natural que al prin-cipio Victoria no supo si había oído bien.

—Lo siento, ¿ha dicho... una esposa?

Él sonrió.

—No se muestre tan preocupada, se trata únicamente de un matrimonio por cuestión de negocios. No la quiero en mi cama... y no habrá nada inapropiado en el acuerdo.

Victoria movió la cabeza y trató de ordenar sus sen-tidos de las emociones fragmentadas que remolineaban en su interior.

Sabía muy bien que Antonio Cavelli podía tener a la mujer que le apeteciera y que ella no figuraba en su lista de las mujeres más apetecibles.

—A ver... explíquemelo de nuevo. ¿Por qué exacta-mente necesita una esposa? ¿Y por qué me lo pide a mí?

–Se lo pido a usted porque resulta perfecta. Necesito una familia ya formada para un periodo de tiempo breve, sin ataduras ni complicaciones. Usted encaja muy bien –acercó la agenda que tenía en la mesa–. Es un caso de estar en el lugar adecuado en el momento adecuado –añadió con una sonrisa mientras pasaba las páginas.

–Qué afortunada soy –dijo en voz baja mientras trataba de contener la furia que crecía en su interior–. Pero tal vez desee explicarme con algo más de detalle cuáles son exactamente esas razones de negocios.

–No tiene que preocuparse por los detalles, Victoria –tomó una pluma del escritorio–. Son complicados y tienen que ver con una transferencia de acciones dentro de mi empresa. Nada que deba preocuparle.

El tono condescendiente le encendió la mirada.

–Es demasiado complicado para alguien como yo... ¿es lo que intenta decirme?

–No, no es eso lo que intento decirle –dejó lo que estaba haciendo y la miró–. Es evidente que usted es una mujer inteligente, así que permítame exponérselo de otra manera... *no es asunto suyo*.

Detrás de sus palabras había una fortaleza férrea que le indicó que hablaba en serio y que ésa era la última oportunidad de la que iba a disponer.

Tragó saliva con gesto nervioso, pero se obligó a continuar.

–Tengo un hijo en quien pensar, señor Cavelli... un hijo cuyo bienestar es lo primero en mi vida. Y pienso que pedirme que me case con usted me da el derecho a saber exactamente qué está pasando.

Él frunció el ceño.

–Pensé que lo había dejado claro... no es una proposición real. Ni usted ni su hijo me interesan en un plano personal... sólo son negocios.

—Sí, eso lo ha dejado claro —sintió que comenzaba a ruborizarse—. Pero sigo necesitando tener más información...

—La única información que necesita saber es que el acuerdo es sincero y legal y que tanto a usted como a su hijo los trataré con el mayor de los cuidados y respeto el tiempo que estén bajo mi techo y sean legalmente mi obligación.

—Bajo su techo... —comenzó a mover la cabeza. La idea de estar con ese hombre en la misma casa la sumió en el pánico—. No... No lo creo. Una cosa es poner mi nombre en un trozo de papel por usted y otra mudarme a vivir a su casa.

Antonio se mostró levemente divertido. Había una fila casi interminable de mujeres que querían irse a vivir con él... y que se casarían con él con sólo chasquear los dedos. Y, sin embargo... esa mujer simple lo miraba como si fuera un ogro salido de la laguna verde. ¡Asombroso!

Sin embargo, la hacía aún más perfecta para sus necesidades, ya que no plantearía ninguna complicación emocional.

—No se preocupe, probablemente sólo la quiera durante... veamos... —calló para calcular el tiempo que su padre tardaría en transferirle las acciones. El viejo probablemente montaría un alboroto, pero todo estaba por escrito—. Digamos un mes... semana más o menos —concluyó—. En cuanto mi transacción comercial esté acabada, podremos disolver el matrimonio y seguir nuestros respectivos caminos... no hace falta que volvamos a vernos.

Las palabras frías remolinearon como un ciclón en su interior.

—No siente mucho respeto por la institución del matrimonio, ¿verdad, señor Cavelli?

—Como acabo de decir, se trata de negocios —la miró

con una ceja enarcada–. Pero si el trato no entra en sus principios, podré conseguir a otra persona.

Victoria asintió aliviada. No se sentía nada cómoda con todo eso.

–Creo que podría ser lo mejor.

Antonio frunció el ceño y se reclinó en el sillón. ¡No había esperado eso!

–¿Mejor para quién? Desde luego, no para su hijo –miró al niño que tenía sobre la rodilla. El pequeño jugaba con un botón de su chaqueta. No pudo evitar darse cuenta de que la tela de la prenda estaba gastada, mientras que la ropa del pequeño parecía nueva en comparación–. Comprende que esto marcará toda la diferencia en su vida, ¿verdad? Significará una educación privada y una casa agradable. ¿Y cuál es su alternativa? He estudiado sus cuentas, Victoria, e incluso con un cálculo optimista apenas le quedan dos o tres semanas antes de que su negocio tenga que cerrar.

Había estado a punto de levantarse, pero volvió a sentarse.

–¿Se refiere a que el trato queda completamente cancelado?

–¿Qué esperaba? –extendió las manos.

–Pensé... Pensé que podría volver a la oferta original por el lugar.

Antonio movió la cabeza y en sus facciones atractivas en ese momento se veía una expresión acerada.

–Pero usted mismo dijo que necesita que me marche de allí.

–Puedo esperar –la observó con calma.

Ella intentó tragarse el pánico que empezaba a crecer en su interior.

–Bien, pero no pienso irme a ninguna parte sin plantear una fuerte oposición –en alguna parte encontró la fortaleza de mantener su posición.

Antonio admiró su espíritu. Pero carecía del tiempo o de la inclinación para mostrarse filántropo y dejar que se fuera. Quería que ese acuerdo se cerrara antes de que su padre se enterara del error que había cometido y diera marcha atrás. Además, a la larga también la beneficiaría a ella.

—Cuesta luchar sin dinero y, créame, Victoria, no querrá enfrentarse a mí, porque la aplastaré.

Recibió las palabras duras como un puñetazo.

En ese momento lo odió... odió su arrogancia, su seguridad y su poder. Y más que nada odió el hecho de que tenía razón. Ella podía alardear todo lo que quisiera, pero era imposible que pudiera ganar un combate con ese magnate multimillonario.

Él notó el destello vulnerable que recorrió su rostro joven y la experiencia le indicó que ése era el momento de capturarla.

—En cualquier caso, usted pierde. Le diré a mi secretaria que la acompañe a la salida.

—¡No! —lo detuvo antes de que pudiera alzar el auricular del teléfono y él le sonrió con expresión triunfal.

—Pensé que se impondría el sentido común —marcó la agenda con una X roja—. El próximo lunes por la tarde dispongo de dos horas libres. Firmaremos los documentos a las dos... nos casaremos a las dos y media.

Victoria guardó silencio. Con vehemencia se dijo que el matrimonio no iba a salir adelante. Sólo aceptaba para ganar tiempo. La siguiente semana ya habría encontrado una salida de ese atolladero. Tenía que haber una... *tenía que haberla*.

Capítulo 3

ESE HOMBRE tan atractivo ha vuelto al restaurante –Emma asomó la cabeza por la puerta del apartamento de Victoria con expresión entusiasmada en su cara joven–. Y dice que quiere verte.

No tuvo necesidad de preguntarle a la recepcionista a qué hombre se refería. Experimentó una oleada inmediata de nerviosismo.

Habían pasado dos días desde que viera a Antonio. Y dos noches sin poder dormir desde que aceptara en su despacho la exigencia de que se convirtiera en su esposa.

Desde entonces, no había dejado de repasar sus cuentas en busca de una vía de escape. Algo que seguía haciendo. Pero hasta el momento no había encontrado nada y empezaba a sentirse cada vez más cercada por la lóbrega opción que se le había presentado. O se casaba con Antonio Cavelli o perdía todo por lo que había luchado.

Esa idea le provocaba un pánico helado. Con vehemencia se dijo que no pensaba rendirse sin luchar. Miró el papeleo que tenía sobre la mesa.

Pero, ¿qué podía hacer?

–No ha venido solo –continuó la recepcionista–. Lo acompañan dos hombres y una mujer. Van a tomar café en el salón bar.

La idea de que hubiera cambiado de idea y hubiera ido para hacer otros negocios hizo que se sintiera mucho mejor.

–Deja que eche un vistazo –se levantó y fue al pasillo que unía el apartamento con el restaurante. Había una ventana pequeña en la puerta situada detrás de la mesa de recepción y si se ponía de puntillas podía ver a Antonio Cavelli de pie, con una postura relajada mientras hablaba con otras personas.

Mirándolo, comprendió que era el poderoso hombre de negocios con un traje caro y que siempre conseguía lo que quería. Y lo que era más preocupante, incluso desde esa distancia parecía irradiar un magnetismo que sometía a sobrecarga a todos sus sentidos.

Estudió a la gente que lo acompañaba... a uno lo reconoció como su contable, Tom Roberts; el segundo era un hombre próximo a los cuarenta que también lucía un traje elegante y no dejaba de ser atractivo, aunque muy lejos de pertenecer a la clase a la que pertenecía Antonio. La tercera era una mujer de veintipocos años. Era muy atractiva, probablemente el tipo de Antonio, con un cabello rubio largo y lacio y una figura mortal embutida en un ceñido traje negro de falda y chaqueta corta.

Apartó la vista y la centró otra vez en Antonio y en ese instante él miró hacia la puerta y sus ojos se encontraron. El asombro fue intenso y se apartó de la ventana como si le hubieran disparado.

Con calma se dijo que quizá no la había visto. Y aunque fuera lo contrario... ¡y qué!

–¿Le digo que saldrás en un minuto?

La pregunta hizo que bajara la vista hacia lo que llevaba puesto. No había planeado trabajar en el restaurante esa mañana, de modo que se había puesto unos viejos pantalones negros y una camiseta sencilla. ¡No podía presentarse de esa manera! Pero tampoco tenía nada mucho mejor por lo que cambiarlo. Hacía más de un año que no se compraba ropa nueva... no se había estipulado sueldo alguno del restaurante ni había hecho nada por ella. Todo el dinero que sobraba lo dedicaba a darle a Nathan lo que necesitaba y en mantener en funcionamiento el local. Y al terminar de pagar los sueldos de los empleados y la guardería del pequeño, no quedaba nada.

–Dile... dile que estoy ocupada con papeleo de oficina y si podemos... reprogramar... –al hablar, vio que Emma enarcaba las cejas.

–¿Tengo que decirle eso? –inquirió Emma con cautela–. ¡No creo que sea la clase de hombre a la que le pides que reprograme una reunión!

Tenía toda la razón, desde luego. Se mordió el labio inferior y regresó a su apartamento. Sintió ganas de cerrar la puerta y bajar las persianas... o escapar de allí hasta donde la llevaran sus piernas temblorosas.

–Dile... –las palabras murieron antes de salir de su boca. Antonio Cavelli se hallaba detrás de Emma en la puerta.

–Si tienes algo que decirme, Victoria, puedes hacerlo a la cara.

Pero ella guardó silencio; no pudo encontrar su voz. Emma giró en redondo.

–Oh, lo siento, ahora mismo iba a verlo.

–Está bien –le sonrió a la recepcionista–. Ya puede dejarnos.

Sin siquiera mirar a Victoria, Emma obedeció y cerró la puerta a su espalda.

–¿Hay algún problema, Victoria?

Con gran dificultad, recobró la serenidad.

–El único problema eres... *tú* –no supo de dónde sacó la fortaleza para decir eso, y también logró mirarlo a los ojos oscuros con desafío–. Éste es mi alojamiento privado. ¡No tienes derecho a irrumpir de esta manera!

–Deberías haber salido al restaurante antes, entonces –sonrió. Le resultaba enternecedor el modo en que trataba de plantarle cara... asustada pero decidida a luchar–. Relájate, Victoria. Sólo he venido porque tenemos que arreglar unos asuntos antes de la boda la semana próxima.

No llevaba nada de maquillaje y, como de costumbre, las gafas grandes le cubrían el rostro. Tenía el cabello apartado de la cara de un modo que no la favorecía nada y sólo recalcaba su palidez. En cuanto a su figura... quedaba ocultaba bajo una ropa completamente informe. La camiseta parecía una talla demasiado grande y los pantalones también eran holgados. Sin embargo, por lo que podía discernir, daba la impresión de poseer unas curvas agradables ocultas bajo todo ese material, de modo que no se había equivocado en su observación hacía unos días. Aunque seguía sin saber por qué diablos se vestía de ese modo.

La evaluación descarada a que la sometió le causó una oleada candente de calor. ¡Cómo se atrevía a inspeccionarla de esa manera! Con celeridad, recogió una rebeca de una silla próxima y se la puso, envolviéndose en la lana gris como si se tratara de un escudo.

–¿Qué diablos haces? –preguntó él divertido.

–Me... me estoy poniendo cómoda –lo miró furiosa y esperó que no supiera cómo esos atrevidos ojos masculinos la habían convertido en gelatina.

Él la miró con sarcasmo.

Y Victoria se dijo que probablemente lo sabía. Y más después del sonrojo descontrolado que la había embargado.

–Sabes que aquí dentro estamos a unos treinta grados, ¿no? –apartó la vista de ella y miró el apartamento. Se preguntó cómo diablos vivía ahí. Parecía haber sólo dos habitaciones, limpias y arregladas, pero increíblemente básicas en su contenido–. ¿No tienes aire acondicionado?

40

–¡Sí! ¡Pero hoy no lo he encendido porque tengo frío! –la verdad era que no podía permitirse el gasto que generaba e intentaba ahorrar mientras Nathan estaba en la guardería. Pero el orgullo la impulsó a mentir.

–Entonces debes estar a punto de pillar algo –localizó el interruptor para la unidad de aire acondicionado y fue a encenderlo. De inmediato el aire fresco fluyó por la habitación.

¡Cómo se atrevía a hacer eso! ¿Quién demonios se creía que era?

–Tienes razón, probablemente vaya a pillar algo –espetó–. ¡Creo que se llama caso terminal de miedo ante la idea de casarme contigo la semana próxima!

La miró divertido. Le gustaba su fogoso sentido del humor.

–No te preocupes por la ceremonia... sólo durará diez minutos.

Su tono relajado la irritó aún más.

–¡No es la ceremonia lo que me preocupa, sino las consecuencias del acto!

–Te aseguro que las únicas consecuencias que habrá será una cuenta corriente más saneada y un mejor estilo de vida para tu hijo y para ti.

–¿Sabes?, el dinero no lo es todo –musitó en un impulso.

Nunca alguien le había dicho eso. Sonrió.

–Tienes razón, por supuesto. Pero ayuda –afirmó, mirando otra vez el apartamento.

De pronto ella lo vio a través de sus ojos y notó lo pequeño y utilitario que era.

–Y necesitas la ayuda –continuó él con frialdad–. Además, no podrías vivir aquí mucho más tiempo. Para empezar, tienes un hijo que está creciendo. Necesitará espacio para correr y jugar.

–Nathan sólo tiene dos años. Me sobra el tiempo

para pensar en eso. Mientras tanto, lo estoy criando con amor... y eso es lo único que cuenta –alzó la cabeza con orgullo.

–Admirable, no lo dudo. Pero el amor no paga las facturas, ¿verdad?

–¡Nos iba bien!

–No, Victoria. Estabas al borde de la bancarrota.

–Reconozco que el negocio ha ido lento –confesó con voz ronca–. ¡Pero habríamos aguantado! Y un montón de mis problemas se han visto potenciados por tu aumento implacable del alquiler.

Antonio movió la cabeza y miró su reloj de pulsera.

–Se llama negocios... no te lo tomes como algo personal. Sólo tendremos que asegurarnos de que no tengas esos gastos en tu nuevo local.

El tono condescendiente la enfureció.

–Bueno, como iba diciendo –prosiguió él–, este acuerdo te favorece mucho. Y no te preocupes por la ceremonia en sí, no es más que una formalidad. Si quieres, preséntate en vaqueros... no me importa.

–Puede que lo haga. Aunque también existe la posibilidad de que no me presente... Nunca se sabe... quizá me arrepienta –le dedicó una mirada centelleante.

Pero en vez de exhibir alguna ansiedad, Antonio la miró con ojos firmes.

–Eres una mujer inteligente... estoy seguro de que lograrás aparecer.

En otras palabras, tenía que asumir el riesgo que implicaría su ausencia. Con un escalofrío, comprendió que se había estado engañando al pensar que podría existir una salida de esa situación.

–Dime, ¿tienes el pasaporte en regla? –preguntó él de repente.

–¿Mi... pasaporte? –lo miró suspicaz–. Sí...

–¿Y el pequeño?

–Nathan... –mostró desconcierto–. Bueno, sí... ¿por qué?

–Porque en cuanto termine la ceremonia nos marcharemos a Italia.

–¿Italia? –el corazón se le desbocó–. ¿De qué me estás hablando? ¡No iré a ninguna parte! ¿Por qué iba a hacerlo cuando aquí tengo un negocio que dirigir?

–Porque te casas conmigo, ¿lo recuerdas? –en sus ojos volvió a aparecer ese destello de diversión tolerante.

–Pero... ¡pero tú no dijiste nada de ir a Italia!

–Victoria, dejé perfectamente claro que vivir bajo mi techo las siguientes semanas formaba parte del acuerdo.

–¡Pensé que te referías a un techo aquí en Sídney!

–Bueno, tengo unos cuantos techos en Sídney, pero ninguno al que llamaría hogar. Mi hogar está en el Lago Garda, y es allí adonde iremos.

–¡Pero no me lo dijiste! –el pánico crecía en su interior.

–Pues te lo digo ahora –respondió él con serenidad–. Te necesito en Italia.

–No lo entiendo. Si sólo vamos a permanecer casados unas semanas, ¿por qué importa que estemos...?

–Porque yo vivo en Italia –repitió paciente–. Será provechoso para mí. Además, quiero presentarte a mi padre –volvió a estudiarla. Se preguntó qué diría éste cuando la llevara al hogar familiar. Sabía que su padre esperaría que se casara con alguien como su anterior novia, una mujer cosmopolita perteneciente a la aristocracia.

Sonrió. Iba a darle a ese hipócrita algo más en lo que pensar aparte del nombre de los Cavelli. Se quedaría aturdido al ver a Victoria, pero se pondría furioso en cuanto comprendiera que había sido más hábil que él. Se dijo que se lo tendría merecido. Desde luego, sería la venganza definitiva por el desprecio y la humillación a los que había sometido a su madre tantos años atrás.

–Pero, ¿y mi negocio? –preguntó ella–. ¡No puedo dejarlo dos semanas seguidas!

–Puedes. Yo haré que todo eso sea posible –desterró la objeción con firmeza–. Vendrás a Italia conmigo... eso es innegociable.

–¿Durante cuánto tiempo?

–Ya te lo he dicho, unas pocas semanas... como mucho un par de meses.

–¿Y luego nos divorciamos?

–Sí –volvió a mirar el reloj–. Y ahora, ¿te parece bien que nos pongamos en marcha? Me espera un día ajetreado.

Lo miró perdida. Todo iba demasiado deprisa para ella.

–Traeremos al equipo aquí –continuó Antonio–. Probablemente sea mejor que en el restaurante. Hay más intimidad.

–¿El equipo...?

–La gente que va a dirigir el restaurante por ti.

–¡Yo puedo llevar mi propio restaurante!

–Ahora juegas en otra liga, Victoria –fue hacia la puerta y llamó a la recepcionista de ella–. Dígale a mis colegas que ya pueden venir.

Victoria observó mientras el «equipo» cruzaba la puerta. En el restaurante, su aspecto elegante no había quedado fuera de lugar, pero en el apartamento diminuto, con la decoración y equipamiento básicos, parecían alienígenas de visita en un planeta nuevo.

–Usaremos la mesita de centro –Antonio les indicó el sofá.

Victoria vio como la mujer recogía el osito de peluche predilecto de Nathan y lo apartaba como si se tratara de material contaminado.

Incómoda, alargó la mano para que se lo diera y la mujer le sonrió con frialdad.

–Felicidades por su inminente matrimonio.

–Gracias –no supo qué más decir. La sorprendió que

todos estuvieran al tanto del acontecimiento cuando él le había insistido en mantener la discreción. Lo miró nerviosa.

–Está bien... Se puede confiar en todos los presentes para que guarden nuestro secreto.

Se preguntó si eso significaba que sabían que era un matrimonio de conveniencia.

–Permite que te presente –continuó Antonio–. Claire está a cargo del traslado y del diseño de tu nuevo restaurante. Harry es uno de mis mejores chefs y va a supervisar el funcionamiento diario del restaurante durante tu ausencia. Y a Tom, por supuesto, ya lo conoces... él supervisará los gastos.

El contable le ofreció un agrio gesto de asentimiento. Era evidente que no le agradaba nada ese acuerdo.

«Pues ya somos dos», pensó ella.

–Escuchad, aprecio que cumpláis órdenes y hagáis vuestro trabajo –después de guardar el peluche de Nathan en la caja que había junto a la puerta, se dirigió con firmeza al grupo antes de que pudieran poner más carpetas sobre la mesa–. Pero en última instancia me gustaría ser yo quien tomara las decisiones sobre mi propio restaurante...

Todos se detuvieron y miraron a Antonio.

Él movió la cabeza y les indicó que continuaran, lo que hicieron de inmediato.

–Aquí tú tienes el control Victoria. El equipo responde ante ti y sólo ha venido a ayudarte.

¿A quién quería engañar? Esa gente estaba ahí para obedecerle a él. Pero guardó silencio... ¿qué sentido tenía hablar cuando no había nada que pudiera hacer?

–He seleccionado algunos emplazamientos para que les eches un vistazo –decía Claire mientras abría una de las carpetas–. Éste se encuentra en Darling Harbour... y éste en la zona de Rocks...

Victoria abrió mucho los ojos mientras la mujer empujaba las carpetas hacia ella. Todas las direcciones se hallaban en emplazamientos de primera y a juzgar por las especificaciones estaban en venta y, en circunstancias normales, fuera de su alcance económico. Despacio miró las excelentes fotografías.

–He elegido lugares que vienen con alojamientos propios –prosiguió Claire–. Éste también tiene un comedor exterior para invitados, además de un pequeño jardín privado y una piscina –giró las páginas para mostrarle del que hablaba.

¡El lugar era maravilloso!

–¡Costará una fortuna! –murmuró.

Tom Roberts musitó algo inaudible que Victoria tomó por una renuente confirmación de ese hecho.

–Si lo quieres, Victoria, sólo tienes que decirlo y será tuyo –comentó Antonio relajado.

Alzó la vista y encontró su mirada firme. Realmente, no era capaz de evaluar esa situación, ni a él. En un momento parecía la persona más odiosa del mundo y al siguiente la más generosa.

–Entonces, ¿te gusta el del jardín y la piscina? –preguntó Claire.

–¡Claro que le gusta! –intervino Tom airado.

–¡Tom! –la voz de Antonio mostró una quietud mortal, con una nota de advertencia que hizo que el otro palideciera y cerrara la boca de inmediato.

–Me gusta... –reconoció ella con cautela mientras miraba las fotos y leía los detalles–. Pero, claro, tendré que ir a echarle un vistazo en persona.

–Eso no es ningún problema. Te organizaré visitas para esta tarde –indicó Claire sin vacilar.

–Bueno, os dejaré para que repaséis todos los detalles –dijo Antonio mientras miraba su reloj de pulsera–. Tengo una reunión con mi arquitecto.

—¿Te vas? —Victoria lo miró consternada. No sabía qué era peor... ¡tenerlo allí o estar a solas con esas personas!

—Me temo que debo hacerlo —le sonrió—. Pero el equipo se encargará de todo lo que necesites. Y Tom organizará que dispongas de una línea de crédito para que no pases apuros y que el restaurante funcione sin problemas durante este periodo de transición —miró a su contable—. Te cerciorarás de que Victoria tenga todo lo que necesita, ¿verdad, Tom?

—Por supuesto.

Las palabras parecieron atragantársele a su contable y Antonio sonrió para sus adentros. No le había gustado el modo en que Tom había tratado con Victoria esos últimos meses, de modo que hacer que en ese momento le mostrara respeto le parecía un castigo justo.

—Os dejaré trabajar.

Mientras iba hacia la puerta, Victoria lo siguió.

—¿Dónde está la trampa? —demandó, cerrando a su espalda para que los otros no la oyeran.

—¿Trampa? —se volvió y la miró ceñudo.

—Vamos, Antonio, me trasladas a una ubicación maravillosa y a un local mejor, y ahora ordenas una línea de crédito para este restaurante... ¿Cuál es el precio?

—Ya lo conoces.

De pronto deseó no haber cerrado la puerta, porque el espacio reducido del pasillo hacía que estuviera demasiado cerca de él.

—Ser tu esposa en una transacción comercial... pero... ¿qué alquiler querrás cobrarme en el nuevo local? ¿Qué interés querrás por el préstamo que estás ofreciéndome? —se obligó a encarar la oscuridad de su mirada—. La gente no concede líneas de crédito sin beneficios cuantiosos.

—Ya he estipulado mis condiciones, Victoria. No quiero nada más —comentó con suavidad—. No tendrás

que pagar ningún alquiler y puedes considerar el dinero
como un regalo.

—¿Un regalo?

—Sí —notó la mirada cautelosa de ella, aunque lo había mirado de esa manera desde el primer instante en
que entró en su restaurante, y eso había sido antes de que
supiera quién era... antes de que le ofreciera ese acuerdo.
Era evidente que la habían herido mucho en el pasado.
Probablemente, tenía dificultades para confiar en los
hombres en circunstancias normales... *¡y ésas distaban
mucho de ser normales!*

Se preguntó cuál sería su historia y luego frunció el
ceño. No le importaba. Sólo eran naves que se cruzaban
en la bruma.

—Mira, Victoria... —notó cómo trataba de apartarse
de él en el espacio reducido—. No hay nada por lo que
debas estar asustada... ¿de acuerdo? Sólo cumple tu
parte del trato.

La súbita gentileza de su voz la desconcertó.

—¡No estoy asustada! —lo miró desafiante—. Únicamente necesito saber qué esperas exactamente de mí.

—No espero nada. Sólo tienes que aparecer, conver-
tirte en mi esposa, pasar unos pocos meses en Italia y
luego se acabará.

—Haces que parezca tan sencillo, pero...

—Será sencillo, Victoria. Porque eso es lo que quiero
—cortó con firmeza—. De hecho, es probable que podamos lograr que el matrimonio se anule al final de nuestro tiempo juntos, ya que no se consumará.

En otras palabras, no consumar el matrimonio sería
lo más fácil del mundo para él. Eso debería haberle pro-
porcionado un gran alivio; sin embargo, sintió un remo-
lino de dolor en su interior que no entendió. Lo achacó
al orgullo herido... ¡lo cual era ridículo! ¡Sabía que no
era su tipo y no quería serlo!

–¡Eso es algo bueno! –alzó el mentón–. ¿Sabes?, no entiendo por qué no le has pedido a una de tus novias o amantes que se case contigo. ¿No habría sido más fácil?

–No lo creo. No quiero ninguna maraña emocional de por medio, Victoria... ahí radica todo. Por eso tú eres perfecta.

El color se encendió en sus mejillas. ¿Tenía que ser tan directo? Sabía que no era lo bastante glamurosa o hermosa para él y que era prácticamente imposible que se enamorara de ella.

Alzó aún más el mentón.

–¿O sea que he de interpretar el papel de esposa casta en Italia mientras tú continúas con tu vida normal en compañía de tus amigas? ¿Es ése el plan?

Él frunció el ceño.

–Lo creas o no, Victoria, le guardo cierto respeto a la institución del matrimonio... y creo en ser sincero. ¡No heriría a nadie de esa manera!

–¡No me herirías! ¡No me importaría! –espetó enfadada.

–Puede ser, pero seguiría sin hacerlo –comentó con peculiar gentileza–. Y cuidaré de ti. Lo creas o no, soy capaz de contenerme en ausencia de una tentación –sonrió irónicamente.

Ella tragó saliva. Podía romperle el corazón a una mujer sin siquiera darse cuenta de ello.

–Sé cuidar de mí misma...

Él apoyó un dedo en sus labios, silenciándola. Fue un contacto sutil, pero hizo que la piel le hormigueara.

–Yo cuidaré de ti. Todo irá bien –musitó–. Tienes mi palabra.

La soltó bruscamente y Victoria sintió que el estómago le daba un vuelco, como si estuviera mareada.

–Las condiciones de nuestro matrimonio quedarán escritas para tu seguridad –continuó con suavidad–. Y te enviaré los contratos para que los leas antes de firmarlos.

¿Cómo podía tocarla de esa manera y luego fusionar los términos de matrimonio y fidelidad en un contexto comercial? Se tragó un nudo de emoción que por algún motivo parecía haberse atascado en su garganta.

Enfadada consigo misma, se preguntó qué diablos le pasaba. Debería estar diciéndole que repasaría los contratos con lupa porque no confiaba en él. Pero lo más demencial era que parecía haber perdido la voz.

—Ah, una última cosa —añadió él—. No aceptes tonterías de Tom... no es más que el contable. Ahora eres tú quien manda en tu negocio.

¿Esperaba que le diera las gracias?

Fue evidente que no, porque al siguiente instante volvió al restaurante, dejándola allí de pie, con los ojos clavados en su espalda.

Aún podía sentir el hormigueo en los labios y colocó una mano sobre ellos, deseando detener la sensación.

¿Cómo un contacto tan ligero podía perturbarla tan profundamente?

Respiró hondo, giró hacia el apartamento y se recordó con vehemencia que Antonio Cavelli no era su aliado... era su enemigo. La única razón por la que le prometía que cuidaría de ella mientras con generosidad la sacaba del atolladero en el que se encontraba era porque le convenía.

No podía permitirse el lujo de olvidar eso.

Porque la semana siguiente, sin importar la importancia que él quisiera quitarle, le exigiría una retribución. ¡La semana siguiente sería el enemigo con el que estaría obligada a casarse!

Capítulo 4

MIENTRAS iba en la limusina, intentó no pensar demasiado en lo que estaba haciendo.

Todo lo que había estado diciéndose acerca de que podría sobrellevar ese acuerdo matrimonial de un modo distanciado y empresarial, le sonaba cada vez más hueco.

No había visto a Antonio desde el día en que había llevado al equipo de trabajo a su apartamento. Pero poco a poco había estado adoptando el mando, dejándola saber entre bambalinas que era él quien tenía el control.

Y todo el asunto la aterraba.

Se sentía a la deriva y a merced de un hombre... que la asustaba. Todo lo contrario de lo que se había prometido a sí misma al marcharse de la casa de su tía.

Cerró los ojos y se ordenó no pensar en el efecto que le producía él. Ese matrimonio era un negocio breve, un trampolín que la ayudaría a proporcionarle a su hijo la vida que quería darle.

Cuando esa mañana firmara los papeles y se convirtiera en la esposa de Antonio Cavelli, no sólo su economía volvería a estar boyante, sino que disfrutaría de una prosperidad que jamás había tenido. Sería la propietaria de un nuevo y elegante restaurante situado en una de las mejores zonas de la ciudad, sin alquileres exorbitantes... y con un enorme alojamiento incorporado, con un jardín y una piscina en la que Nathan podría jugar.

No tendría que hacer más malabarismos económicos. Podría darle a su hijo lo mejor.

Uno de los pocos momentos de júbilo de que había disfrutado esa semana había sido poder comunicarle a sus empleados que mantendrían sus trabajos y que incluso tendrían un aumento de sueldo.

Y se lo merecían, porque todos habían trabajado duramente para ella y en los últimos años se habían convertido como en una gran familia que la había ayudado en los momentos duros y cuando Nathan había estado enfermo.

Bajó la vista al pequeño que llevaba sobre la rodilla y le besó la cabeza cubierta de un sedoso pelo negro.

Se dijo que era imposible que no estuviera haciendo lo correcto. Con vehemencia, se dijo que el dinero que Antonio había ingresado en su cuenta haría que todo fuera más fácil a partir de ese momento.

Para ese día le había comprado un traje nuevo y se lo veía adorable en su camisa blanca y pantalones azul marino, a juego con una chaqueta del mismo color.

Lo adoraba... y cualquier cosa que le hiciera mejor la vida era lo correcto.

La limusina comenzó a aminorar. Miró por la ventanilla y vio que se acercaban al registro civil.

Tragó saliva.

El vehículo se detuvo junto a la acera y el chófer bajó para abrirle la puerta.

Salió a la luz del sol.

Ni siquiera se había comprado algo nuevo para la ocasión. El comentario de Antonio de que no le importaba su aspecto la había frenado de realizar un esfuerzo especial. ¿Por qué iba a importarle a ella si a él le daba igual? Además, no se sentía cómoda gastando en ropa el dinero de Antonio... ya había decidido que ese adelanto lo usaría sólo para el negocio o Nathan

De modo que lucía un sencillo traje azul marino y una blusa blanca que a veces se ponía para el trabajo.

Con su hijo en brazos, le dio las gracias al conductor y luego entró a paso lento.

No le había hablado a nadie sobre la boda. Los amigos y compañeros habían sacado sus propias conclusiones cuando les dijo que estaría fuera unas semanas. La mayoría pensaba que se iba con Nathan en unas muy merecidas vacaciones. Emma, la recepcionista, había dado un paso más y supuesto que había un hombre de por medio.

No sabía qué había llevado a Emma a albergar semejante idea. Se preguntó qué habría dicho su recepcionista si le hubiera contado la verdad, que se veía obligada a celebrar un matrimonio de conveniencia con Antonio Cavelli... ¡jamás se lo habría creído!

Al girar en una esquina, vio a Antonio de pie en el extremo más alejado del pasillo hablando con un grupo de personas.

Si hasta a ella le costaba creerlo.

Él no la vio de inmediato y al acercarse pudo empaparse de todos los detalles de él... el impecable traje oscuro que le quedaba tan bien sobre sus hombros anchos y la camisa blanca inmaculada que resaltaba su devastador atractivo.

De pronto él se volvió, sus ojos se encontraron y el corazón le palpitó con fuerza.

No, Emma jamás se creería que ese italiano atractivo exigiera casarse con ella, porque era un hombre completamente fuera de su liga. Sabía que podía tener a la mujer que quisiera y que cualquiera de éstas se espantaría si pudiera ver con qué mujer iba a casarse.

No es que le importara. Alzó el mentón en gesto de desafío mientras la mirada oscura de él recorría implacable el atuendo que llevaba. Pero una parte de ella quiso dar media vuelta y salir corriendo. Tuvo que recurrir a todo su valor para llegar hasta el final del pasillo.

Él sonrió.

–Hola, Victoria, llegas justo a tiempo.

El tono profesional la ayudó a recuperar cierta semblanza de cordura... recordándole que a él no le importaba el aspecto que ofreciera, que básicamente la consideraba poco más que una de sus empleadas.

–Hemos de completar cierto papeleo antes de continuar –añadió.

Permitió que la guiara a una pequeña habitación lateral en la que sólo había unas pocas sillas y una mesa. Luego escuchó como la presentaba a los dos hombres que iban con él, unos abogados; al parecer uno había sido contratado especialmente para que la representara a ella y leyó todos los contratos en su nombre. El otro era el letrado italiano que los había redactado.

La observó mientras estrechaba las manos de los hombres. Para una mujer joven, era muy conservadora en lo que se refería a la elección de guardarropa. Era como si se esforzara en evitar cualquier cosa que pudiera revelar algo. No obstante, mientras le apartaba una silla se recordó que no se casaba con ella por su aspecto o estilo.

–¿Leíste la copia del acuerdo prematrimonial que te envié anoche por mensajero?

Ella asintió aturdida. Se había obligado a leer el documento con atención antes de meterse en la cama, pero hasta donde pudo ver, respetaba los términos que ya le había ofrecido y estipulaba que no tenía derecho a nada más en el futuro.

–¿Estás satisfecha con todo? –continuó él con seriedad.

La pregunta hizo que meditara un segundo que creó un silencio expectante en el cuarto.

–Bueno... no espero... ni quiero... nada más de ti, si te refieres a eso –repuso con voz ronca.

La miró con ojos entrecerrados, pero uno de los abogados le habló en italiano y él apartó la vista de Victoria y miró su reloj de pulsera. Roberto tenía razón... necesitaban ponerse en marcha; el jet de la empresa estaría listo para despegar en media hora.

Ella recibía un excelente acuerdo... no había nada más que decir ni nada por lo que realmente pudiera quejarse. Había sido más que generoso en las condiciones.

–Sí, firmaremos los documentos y podremos continuar con el asunto del día.

Victoria esperó que la mano no le temblara cuando comenzó a plasmar su firma.

Antonio observó que intentaba acomodar al pequeño sobre una rodilla mientras acercaba los papeles.

–Deja que sostenga a tu hijo. Así podrás firmar sin escollos.

Para su consternación, vio que se acercaba.

–No... no es necesario, yo...

Pero él no le prestó atención, se inclinó y levantó con facilidad a Nathan de su rodilla. Cuando la mano le rozó accidentalmente el cuerpo, imaginó que podía notar como el contacto la quemaba a través del fino algodón de la chaqueta.

Sintió sus sentidos en caída libre.

–Así está mejor –sostuvo al pequeño con naturalidad contra su costado.

Los miró y vio que mostraban una imagen relajada que contradecía la realidad de la situación. Y de pronto pensó que el pelo negro de Nathan probablemente podría hacer que pasaran por padre e hijo. El pensamiento agitó una sensación muy extraña en su interior que ni siquiera llegó a comprender.

Mientras volvía a concentrarse en los documentos,

pensó qué diablos le pasaba. Nathan no necesitaba un padre; eran perfectamente felices como se encontraban. Y aunque lo necesitara, jamás elegiría a alguien como Antonio. Era un hombre de negocios implacable, sin tendencias paternales. Y encima, en unas pocas semanas no sería más que un recuerdo lejano.

Firmó donde le indicaron y cuando terminaba el recepcionista entró para comunicarles que el secretario estaba listo.

—Yo llevaré a Nathan ahora —alargó los brazos hacia su hijo, pero en vez de entregárselo a ella, Antonio se lo dio al abogado italiano.

—Lo podrás tener en diez minutos, cuando hayamos intercambiado anillos y firmado el registro.

—Pero...

—No pongas esa expresión preocupada... Roberto entrará con nosotros como testigo de la ceremonia.

Capítulo 5

SE HALLABA exhausta, pero no podía dormir. Cada vez que cerraba los ojos, rememoraba el momento en que Antonio le había tomado la mano para ponerle el anillo. Giró la alianza; la sentía fría y extraña, un poco como el estado de ánimo de él desde que los habían declarado marido y mujer. Pero, ¿qué esperaba? Si ni siquiera se conocían. Hasta un beso en la mejilla y una copa de champán quedarían fuera de lugar en ese escenario.

Después de la ceremonia, cuando subieron al jet privado, con un gesto casual él había alargado las manos para ayudarla con el cinturón de seguridad y Victoria se había quedado paralizada. Él lo había notado, desde luego, y probablemente le había resultado divertido, porque le había pedido que se relajara antes de añadir que no tenía ninguna intención de comérsela.

En ese momento se reclinó en el cómodo asiento de piel y trató de que la monotonía de los motores la adormeciera, como habían hecho con Nathan, quien llevaba unas horas acurrucado en el asiento.

Se hallaba agotado. Había sido un día muy ajetreado para él; ni siquiera había podido echarse su siesta habitual. Apartó la vista del niño dormido y miró hacia el otro lado del avión, donde se sentaba Antonio.

Desde el despegue había estado concentrado en documentos y en un ordenador portátil, la cara seria mientras estudiaba y tomaba notas. Daba la impresión de que ya había olvidado la boda. Quizá incluso hubiera olvidado que iba en el avión con él, ya que no le había dirigido ni una palabra desde que despegaron.

De hecho, era algo que la complacía.

Pero en ese instante él alzó la vista y cuando sus ojos se encontraron sintió la descarga eléctrica de la conexión hasta la punta de los dedos de los pies.

—¿Te sientes mejor? —preguntó él.

—¿A qué te refieres? —frunció el ceño.

—Parecías un poco tensa antes —comentó.

—¿Sí? No sé qué te ha hecho pensar eso —mantuvo la voz ligera, desesperada por mantener algo de orgullo entre los fragmentos de sus emociones.

—Bien. Lista para comer algo, entonces.

Fue una afirmación. Miró incómoda como cerraba el portátil y comenzaba a retirar los papeles de la mesa que tenía delante. Victoria no estaba segura de poder comer sentada frente a él; se sentía demasiado tensa.

Volvió a mirarla y con rapidez se recuperó.

—Sí, de acuerdo.

—Llamaré a la auxiliar a ver qué puede traernos —apretó un botón en el costado del asiento. Luego le indicó que debería sentarse frente a él.

—Iré... a refrescarme. ¿Puedes echarle un vistazo a Nathan por mí? Tiene puesto el cinturón de seguridad y yo no tardaré ni un minuto.

—Claro —inclinó la cabeza.

Se desabrochó el cinturón de seguridad y se puso de pie.

—Utiliza el cuarto de baño de la suite principal —le indicó él mientras seguía guardando documentos—. Verás que han dejado allí tu maleta.

—¿Suite principal? —lo miró aturdida y él le señaló la puerta más alejada de la cabina.

Nunca antes había estado en un avión como ése. Resultaba extraño que fueran los únicos pasajeros... a mundos de distancia de la clase turista en la que había viajado hacía años. Abrió una puerta y se encontró mirando una cama grande.

El lugar tenía todo lo que podía llegar a necesitarse... armarios, un tocador y un cuarto de baño adyacente con ducha incluida.

Entró, cerró la puerta y su reflejo la miró desde un espejo de cuerpo entero. Tenía la ropa arrugada y se veía pálida y cansada, el cabello escapando de los confines de los broches que lo mantenían apartado de su cara. Con celeridad se hizo una coleta más cómoda, luego se quitó las gafas y se echó un poco de agua fría en el rostro.

Se preguntó si podría cambiarse. Su maleta se hallaba sujeta en un anaquel a su espalda, y en un impulso la abrió. Había guardado unos pantalones de chándal y una camiseta. En ese momento serían más cómodos en el avión.

Acababa de terminar de cambiarse cuando el aparato entró en una zona de pequeñas turbulencias y sus gafas resbalaron de la superficie del tocador y cayeron al suelo.

Con celeridad se inclinó para recogerlas. Los cristales parecían estar bien, pero una patilla colgaba de su extremo, como si hubieran perdido el tornillo. Y como no podía ver bien, ni siquiera podía tratar de arreglarlas.

Exasperada, pensó que era el final perfecto para un día perfecto. Veía todo borroso. Se preguntó si Antonio podría arreglárselas. Se incorporó insegura con ellas en la mano. No quería pedírselo. Pero se sentía desnuda sin ellas.

El avión experimentó más turbulencias y eso la puso en acción. Sus gafas no importaban. Tenía que ir a ver cómo se hallaba Nathan. Podía estar asustado o llorando por encontrarse solo.

Al volver a la cabina con las gafas en la mano, el jet se había enderezado y para su alivio comprobó que Nathan seguía dormido. Antonio se hallaba absorto en otro informe de negocios y no alzó la vista cuando ella ocupó el asiento de enfrente.

—Me tomé la libertad de pedirte la cena —murmuró mientras escribía unas notas al margen de las páginas—. Canelones de primero, seguido de rosbif Wellington. Así que espero que no seas vegetariana.

—No, está bien.

—Perfecto —continuó con su trabajo.

Lo observó a través de una bruma, luego carraspeó nerviosa.

—Has estado muy ocupado.

—Tengo un montón de negocios italianos con los que ponerme al día y que me esperan cuando llegue a casa —respondió distraído.

—Cuando dispongas de un minuto...

—¿Sí...?

Siguió sin levantar la vista y daba la impresión de que la escuchaba a medias.

—Se me cayeron las gafas y... bueno, parecen haberse desarmado —«un poco como yo», pensó cuando Antonio la miró.

No podía captar claramente la expresión en su cara, pero percibió que en ese instante tenía toda su atención; sintió que la piel le hormigueaba con el calor de la vergüenza.

—¿Crees que podrías tratar de arreglármelas? No veo bien, de lo contrario lo habría hecho yo.

Antonio quedó aturdido por un momento. Se la veía completamente diferente. El contorno de su rostro era bonito. Los pómulos altos le proporcionaban una be-

lleza casi clásica. Y parecía más joven, con una piel de
una suavidad perfecta... se dijo que era extraño que no
lo hubiera notado antes. La largas pestañas negras le cu-
brieron momentáneamente los ojos.

No pasó por alto la vulnerabilidad de su expresión.

–¿Puedes arreglármelas? –preguntó de nuevo–. Por
favor.

En silencio le quitó las gafas y las examinó.

El muelle diminuto que sostenía la patilla en su sitio
se había salido y sólo tenía que presionar hasta devolverlo a su posición. Una vez que terminó, las deslizó
por la mesa hacia ella.

–Ya está.

–Gracias.

La miró ponérselas con gesto tímido.

La auxiliar se presentó con su comida y la botella de
vino que había pedido antes.

–¿Desearán algo más, señor? –preguntó mientras
con destreza cubría la mesa con un mantel de algodón
y distribuía las copas y la cubertería de plata ante ellos.

–No, eso es todo por ahora, gracias, Sally –repuso
mientras guardaba los últimos documentos.

–Muy bien, que disfruten de la comida –le sonrió y
con un gesto cortés de la cabeza hacia Victoria, desa-
pareció.

–¿Vino? –Antonio levantó la botella y la miró?

–Un poco, gracias.

La luz en la cabina era tenue y las ventanillas tenían
las persianas bajadas. La situación resultaba extraña-
mente íntima.

Se hallaban a mil trescientos metros de altitud y,
aparte de un niño dormido, solos.

Deseó que Nathan despertara y le proporcionara la
excusa para escapar de la mesa. Miró al pequeño, pero
seguía profundamente dormido.

—Buena previsión que le dieras de comer antes —comentó él al captar la dirección de su mirada.

—Sí. Está agotado.

—Ha sido un día ajetreado para todos.

Asintió y bajó la vista a la comida que tenía ante sí. Le resultó inesperadamente atractiva.

—No será tan buena como los platos de tu restaurante, pero es pasable en lo que se refiere a la comida que te sirven en los aviones —le indicó Antonio—. Pruébala.

Lo hizo y experimentó una sorpresa agradable.

—La última vez que comí en un vuelo, la comida sabía a cartón... pero tienes razón, ésta es buena. Quizá la pasta tiene un pequeño exceso de sal.

—¿De verdad?

—Lo siento... deformación profesional. Me temo que cocinar para ganarte la vida te convierte en una especie de crítico gastronómico.

Él sonrió.

—De hecho, creo que tienes razón acerca de la pasta.

—Bueno, tú eres el experto.

—Supongo —inclinó la cabeza—. Probablemente, la comida italiana es la mejor del mundo. Pero, claro, soy parcial. Cuando lleguemos, podrás ofrecerme tu punto de vista imparcial.

—Probablemente lo haga sin siquiera intentarlo.

La estudió en silencio. Cuando hablaba sobre su trabajo y el negocio de la alimentación, era una mujer diferente... más segura, incluso vibrante. Era como si sólo se permitiera cobrar vida únicamente con ciertos temas.

¿Qué la había vuelto tan introvertida en un plano personal?

—¿Cuánto tiempo llevas con el restaurante? —le preguntó de pronto.

—Unos dos años y medio.

–¿Estabas embarazada cuando lo iniciaste? –asintió en silencio–. ¿Y estabas sola? –de nuevo respondió con un gesto silencioso–. Debió de ser bastante duro. Emprender un negocio intimida incluso en circunstancias normales.

Se encogió de hombros y sus ojos de color esmeralda resplandecieron con fuego.

–Nada que valga la pena resulta fácil.

Sabía que estaba levantando barreras, que quería que dejara de interrogarla. Pero no era un hombre que abandonara algo que deseara saber y, por algún motivo, quería saber qué era lo que la motivaba.

–¿Y qué pasa con el padre del niño... no te ayudó en nada?

Durante un segundo, recordó la expresión en la cara de Lee cuando le dijo que estaba embarazada. «Tendrás que deshacerte del bebé. No habrás pensado que lo querría, ¿verdad? Diablos, Vicky, si sólo fuiste la aventura de una noche».

El recuerdo hizo que sintiera un frío interior. Sí, sólo se había acostado una vez con Lee, pero habían salido unos meses antes de aquella noche de locura.

Después de que se acostaran juntos, no había vuelto a ponerse en contacto con ella y eso le había hecho comprender que él sólo había querido aquella noche. No obstante, había considerado que era su deber informarle de que estaba embarazada. Que tenía derecho a saber que sería padre. No había esperado nada, pero ese comentario frío la había conmocionado.

Debería haber mostrado mejor criterio y no haber tenido nada que ver con él en primer lugar. Había sido ingenua y tonta, buscando con desesperación amor y afecto en el lugar equivocado.

Pero aquello le había enseñado una lección.

–¿He de entender que no quiso saber nada cuando le informaste de que estabas embarazada?

La pregunta era demasiado.

El dolor descarnado se manifestó unos segundos antes de quedar velado detrás de esas pestañas oscuras.

—No es asunto tuyo, ¿verdad? —dijo con serenidad pero con voz llena de dignidad—. Tú y yo nos hemos casado como parte de un... acuerdo. Y ese acuerdo no te da el derecho de cuestionar mi moral o mis elecciones vitales.

—Tienes razón, no me lo da.

—Pues no lo hagas —declaró con frialdad.

—Para lo que pueda servir, mi juicio moral iba dirigido contra el hombre que eligió abandonar a su hijo —le explicó con suavidad—. Pero tienes razón, no es asunto mío.

En ese momento entró la auxiliar para retirarles el primer plato y llevarles el segundo. Luego volvieron a quedarse solos.

—Esperemos que el rosbif esté bien condimentado —comentó él con ironía—. De lo contrario, cuando aterricemos para repostar en Hong Kong, tal vez tengamos que pedir que compren comida china.

El comentario era tan absurdo que Victoria rió.

—No será necesario. Me quedaré con el rosbif Wellington.

—Aún no lo has probado —se adelantó y le llenó la copa—. Entonces, ¿cuándo fue la última vez que comiste en un avión? —inquirió de forma casual y recibió una mirada cautelosa—. Antes me comentaste que sabía a cartón —instó.

—Fue hace mucho tiempo, cuando volé de Londres a Sídney. Tenía catorce años —cortó la carne y descubrió que estaba en su punto—. La verdad es que no recuerdo lo que comí, pero sí que no estaba tan bueno como esto.

—Me parecía que tu acento era más inglés que australiano. ¿Inmigrabas a Australia con tus padres?

–De hecho, estaba sola. Mi madre acababa de morir y me enviaron a vivir con su hermana.

–¿Y dónde estaba tu padre?

–Había muerto un año antes –lo miró–. Te alegrará saber que la carne está perfectamente sazonada. Así que no hará falta comprar comida china.

Supo que el cambio de tema había sido deliberado y también que no tenía derecho a inmiscuirse en su vida privada; como ya le había informado ella de forma concisa, no era algo que le importara.

–Tu vida debe de ser asombrosa –murmuró Victoria de repente.

–¿Debe? –la miró divertido.

–Sí... quiero decir, siendo tan rico y poderoso como para poder tener lo que quieres siempre que lo quieres. Eso es asombroso.

–La verdad es que jamás lo pensé de esa manera. Siempre estoy demasiado ocupado trabajando –bebió un sorbo de vino y se reclinó en el cómodo sillón de piel–. Pero, sí, supongo que la riqueza tiene muchas ventajas.

–¿Qué es lo más impetuoso que has hecho? –preguntó ella con curiosidad.

–¿Te refieres aparte de comprarme una esposa?

La miró con ironía y Victoria volvió a sentir el humillante rubor. Supuso que sí la había comprado. Y cuando se permitía pensar en ello de esa manera, resultaba mortificante.

–¿Sabes?, creo que ya no tengo hambre –casi soltó los cubiertos sobre el plato. Quería alejarse de él. No podía estar ahí, sonreír educadamente y fingir que se sentía bien con lo que había hecho. «Con lo que él te ha forzado a hacer», se recordó con intensidad. Porque había sido él quien le había arrebatado todas las opciones–. Si me disculpas, creo que...

–Siéntate –pidió con calma cuando Victoria comenzó a levantarse.

No le hizo caso y él alargó la mano para tomarla por el brazo. Fue un contacto fugaz, pero hizo que sus sentidos entraran en caída libre.

–Siéntate –repitió.

Despacio, obedeció.

–Me hiciste una pregunta y de te di una respuesta sincera. Te he tomado por esposa como parte de un pacto comercial... algo bastante extremo.

Intentó encogerse de hombros como si no le importara. Y en alguna parte de su interior encontró la fortaleza para bromear.

–Bueno, espero valer ese dinero.

–Hasta ahora, creo que es un acuerdo bueno –comentó con un destello divertido en sus ojos negros–. Pero el tiempo lo dirá.

¡Deseó que no la mirara de esa manera! Ni que dijera cosas así. La hacía sentir rara... asustada... tensa.

–¿Qué es lo que dirá el tiempo... exactamente?

–Cómo te desempeñes en Italia.

–¿Desempeñarme? –lo miró suspicaz.

–Bueno, necesitaré algunos deberes conyugales de ti, Victoria –le informó–. Pero nada más riguroso que acompañarme a cenar a la casa de mi padre. Estará ansioso de conocerte.

–Comprendo... –frunció el ceño, sin comprender nada en realidad–. Entonces, ¿le has contado que el matrimonio es una... farsa?

–El matrimonio es real, Victoria, y tengo el certificado que lo demuestra –por un momento, pareció atravesarla con los ojos–. Pero, no, no sabe nada de ti o de nuestro acuerdo... al menos por el momento –se guardaba esa revelación para cuando pudiera estar cara a cara con él.

Victoria notó la presión de determinación en la cara de Antonio y se preguntó qué sucedía entre su padre y él.

–Y estás ansioso por contárselo... ¿verdad? –susurró.

–Sí, Victoria, estoy muy ansioso de que llegue ese momento.

No se atrevió a continuar por ese camino porque él irradiaba un aura fría de autoridad que parecía prohibirlo.

El silencio reinó entre ellos y fue un verdadero alivio cuando apareció la auxiliar de vuelo para despejar la mesa.

Antonio pidió café solo, pero Victoria declinó cualquier otra cosa.

Él se reclinó y la observó pensativo.

Cada vez que la miraba de esa manera, sentía pequeños escalofríos por todo el cuerpo. Intentó quebrar el hechizo.

–¿Cuánto queda para que lleguemos?

–Sólo unas diecinueve horas más, aproximadamente.

El corazón pareció hundírsele.

Él sonrió.

–Necesitas relajarte.

¡Cómo iba a conseguirlo si era capaz de destrozarle las emociones con una simple mirada!

–Sí, creo que iré a sentarme junto a Nathan –le dedicó una mirada de súplica, deseando que le permitiera escapar–. Si es que puedo –añadió adrede al recordar cómo le había ordenado que se quedara.

–Puedes hacer lo que te plazca –indicó con sarcasmo. Su reacción lo divertía un poco; no había muchas mujeres que huyeran de él–. Tal vez te apetezca ponerte más cómoda en el dormitorio. A ver si consigues dormir algo.

–Sería estupendo, pero, ¿y tú? –preguntó sin pensar.

–¿Es una invitación? –inquirió con un brillo malicioso en los ojos.

–¡No! ¡Sabes muy bien que no lo era!

No recordaba la última vez que veía sonrojarse tanto a una mujer cada vez que bromeaba. Su timidez resultaba realmente deliciosa.

–¡Sólo quería comprobar que no desearas la habitación para ti, nada más! –explicó ella con celeridad.

–Eres muy considerada –sonrió–. Te aseguro que si quiero reclamar algo, te lo comunicaré más tarde. Ahora mismo tengo trabajo que completar.

De pronto Victoria se dio cuenta de que bromeaba con ella. El problema era que a su lado le resultaba imposible pensar con claridad.

Entonces se preguntó cómo sería que coqueteara de verdad con ella, como si de verdad le interesara como mujer. La idea le sacudió las emociones y con rapidez lo desterró, porque incluso pensar en ello acarreaba peligro.

Antonio era la clase de hombre capaz de coquetear sin siquiera percatarse de ello. Y jamás iría en serio con alguien como ella.

–Bueno, te dejaré trabajar. Me llevaré a Nathan conmigo a la otra habitación para que no te moleste.

–Lo que más te plazca.

Se levantó y se puso de puntillas para sacar la bolsa de Nathan del compartimento superior de la cabina.

La camiseta holgada que llevaba le proporcionó una visión clara de su cintura estrecha. Notó como los pantalones ceñidos resaltaban un estómago plano y un trasero redondeado y alto que era sorprendentemente provocativo. La recorrió despacio con la vista al tiempo que se preguntaba cómo serían sus pechos.

Frunció el ceño.

Se recordó que no importaba cómo tuviera los pechos. No era su tipo y no quería complicar aún más la situación.

Victoria tiró de la correa infructuosamente.

—¿Necesitas ayuda? —se puso de pie y plegó la mesa para hacer más espacio.

—No, gracias, me arreglo —afirmó con determinación.

No obstante, fue hacia ella con una sonrisa.

—En serio, me arreglo —lanzó una mirada nerviosa por encima del hombro. Pero él no le prestó atención y se situó detrás de ella para estirarse por encima de su cabeza y bajar la bolsa con facilidad.

No la tocó, pero en el espacio reducido, su cuerpo se hallaba a un susurro de distancia del de ella, tan cerca que casi podía sentir la tensión en Victoria, que emanaba como una barrera invisible. Nunca una mujer había reaccionado de esa manera con él. Casi parecía paralizada.

Se recordó que la reserva que mostraba resultaba idónea. Era parte del motivo de por qué resultaba la esposa de conveniencia perfecta. Significaba que no habría complicaciones ni campos de minas.

—¿Es todo lo que quieres del compartimento? Hay algunos juguetes también.

—Sólo necesito la bolsa. Gracias —quiso girar y quitársela, pero no se atrevía hasta que él se apartara. Y no parecía tener prisa por hacerlo. De hecho, alargó el brazo alrededor de ella y la depositó sobre el asiento. El movimiento lo acercó y los brazos se rozaron. Pudo sentir la calidez de su aliento en la garganta que le provocó escalofríos.

Súbitamente, Antonio pensó que de no haber sabido que era imposible, habría jurado que era virgen. Se hallaba a años luz de las mujeres sofisticadas que se entregaban a él sin darle más vueltas al asunto.

Se preguntó qué pasaría si la tomara en brazos. Probablemente, se quedaría aterrada. Durante un segundo imaginó que le daba la vuelta... y reclamaba su boca con un beso posesivo. Sin duda carecería de práctica en el arte del amor.

¿En qué diablos estaba pensando?

Ceñudo, se apartó de ella. Sí, poseía una ingenuidad que lo intrigaba, pero no estaba interesado. Todo era un negocio, nada más, y como sobrepasara la línea de cualquier manera, cometería un grave error.

Regresó a su asiento y estaba a punto de volver a abrocharse el cinturón de seguridad cuando el avión experimentó turbulencias y Victoria trastabilló hacia atrás. Instintivamente, alargó el brazo y la sujetó por la cintura.

Todo acabó en un segundo y a medida que el aparato se estabilizaba, Victoria se encontró sentada sobre una rodilla de Antonio, con las manos de él abarcando su cintura estrecha al tiempo que la pegaba de forma protectora contra el cuerpo.

La conmoción de hallarse en una postura tan íntima fue intensa. Se sintió completamente horrorizada.

–Lo... siento... me caí.

Sentía ese cuerpo asombrosamente placentero contra el suyo, cálido y curvilíneo. Podía percibir la fragancia limpia del champú y la suavidad de miel del perfume que usaba. La sostuvo más cerca cuando el avión se sacudió una vez más y de pronto se dio cuenta de que le tocaba la piel desnuda y de que podía sentir las costillas bajo los dedos, esa suavidad satinada.

–Estaré bien... –tuvo prisa por alejarse de él, a pesar de que el avión no se hallaba por completo estable...

Y Antonio notó que la piel de Victoria estaba en llamas.

Entonces comprendió que se sentía atraída por él. Y

si así lo quisiera, podría volver a pegarla a su cuerpo y explorar esas curvas de forma más minuciosa. Durante un momento, la idea fue seductora. Luego, se levantó irritado. Sí, la ingenuidad de Victoria era tentadora y refrescante, pero en absoluto para él. Y no iba a cometer ninguna locura.

–¿Quieres que te ayude a trasladar a Nathan?

Ella movió la cabeza con rapidez. El recuerdo de esas manos sobre su piel aún le hormigueaba por dentro con perturbadora intensidad y el pensamiento de que la acompañara al dormitorio le desbocó el corazón.

–No, me arreglaré, gracias.

–De acuerdo –volvió a centrarse en el trabajo que había hecho a un lado. Pero por el rabillo del ojo fue consciente de que alzaba al niño dormido.

Con vehemencia, se dijo que era lo mejor.

Capítulo 6

ATERRIZARON en Hong Kong de madrugada. Fue una parada corta, de no más de unos cuarenta minutos. Victoria rodó en la cama matrimonial y subió un poco la persiana de la ventanilla para echar un vistazo al exterior, pero sólo pudo ver las luces anaranjadas de los trabajadores. Un rato más tarde, los motores se encendieron otra vez y comenzaron a recorrer la pista con creciente velocidad.

A pesar de su hijo dormido al lado de ella, se sentía sola, aterrada de lo que podía deparar el futuro. Se dijo que estaba siendo ridícula... no había nada de qué preocuparse.

Volvió a cerrar los ojos y recordó el momento en que había caído sobre la rodilla de él. Recordó la poderosa electricidad de la sensación de deseo a medida que sus manos le tocaban la piel. El recuerdo se burlaba de ella... la hacía temblar por dentro con impulsos que le provocaban un susto de muerte. Intentó bloquear los pensamientos, odiándose por ser débil. Había sido un momento irreal y loco... había imaginado el modo en que la había hecho sentir. Tal como había imaginado durante un instante que él había experimentado la tentación de acercarla, de tocarla más íntimamente.

Casi rió ante la estupidez de esa idea. Era el hombre que podía tener lo que quisiera cuando lo quisiera, y había dejado perfectamente claro que para él no era nada, una simple pertenencia adquirida a un precio... y para negocios, no placer.

Se sentía exhausta y las emociones del día no paraban de dar vueltas en su interior.

En un momento se quedó dormida.

Se despertó con un sobresalto porque estaba en un sueño en el que se hallaba en brazos de él y anhelaba que la besara, el contacto de las bocas... y ese simple pensamiento hacía que se derritiera de placer. Pero al alzar la vista, no era Antonio quien la miraba, sino Lee, con una sonrisa cruel en los labios.

Durante un momento el sueño pareció real y la dominó el pánico.

Respiró hondo varias veces y se obligó a relajarse.

Se sentó y miró a Nathan. El pequeño empezaba a despertar; había apartado el edredón con los pies y se afanaba por librarse del cinturón de seguridad que lo sujetaba.

–Eh, pequeño diablillo, ¿qué tramas? –rodó en la cama para hacerle cosquillas y él rió, moviendo aun con más fuerza las piernas.

–Quieres desayunar, ¿verdad? –tomó en brazos a su hijo y lo acunó contra ella, pero Nathan se apartó y emitió un grito impaciente. El hambre podía con él y supo que como no desayunara pronto, las lágrimas no tardarían en aparecer–. De acuerdo, entendido –sonrió, se desabrochó su propio cinturón y se levantó.

Le habría gustado darse una ducha antes de ir a la cabina principal, pero por experiencia sabía que primero debía alimentar a Nathan, de lo contrario, su naturaleza alegre y plácida se volvía rebelde y hosca. Así que se puso la bata y trató de arreglarse el cabello lo mejor que pudo.

Casi había esperado que Antonio estuviera durmiendo. Pero al mirar pasillo abajo, vio que tenía la cabeza inclinada, todavía trabajando en algunos papeles. Sorprendida, se preguntó si habría estado así toda la noche.

Por suerte no tenía que pasar junto a él. La pequeña cocina se hallaba a su izquierda. Abrió la nevera en busca del plátano, los cereales y la leche que había guardado allí el día anterior. Los pequeños gritos de protesta de Nathan empezaban a ser más sonoros y trató de aplacarlo con palabras suaves mientras trabajaba.

Antonio los oyó antes de verlos y dejó los papeles para mirar por el pasillo.

Formaban un fascinante cuadro hogareño. Ella llevaba una larga bata azul de satén y el cabello le caía en ondas lustrosas alrededor de los hombros. Hasta ese momento no se había dado cuenta de lo hermoso o lo largo que era.

Se la veía muy femenina y asombrosamente distinta... y durante un momento no pudo dejar de mirarla.

En ese momento lo distrajo la auxiliar de vuelo que salió para preguntarle si quería algo, y cuando volvió a mirar hacia la cocina, Victoria ya no estaba.

No volvió a aparecer hasta que el piloto anunció que iban a iniciar el aterrizaje final en el aeropuerto de Brescia. Se sintió aliviado al verla caminar hacia él con Nathan apoyado en una cadera, porque volvía a ser la mujer seria y formal que había conocido en el restaurante. Llevaba el cabello recogido y el rostro se veía demasiado pálido y dominado por las gafas; lucía un traje pantalón negro casi sin forma que no le favorecía nada. Sonrió para sus adentros... era evidente que la noche anterior había trabajado demasiado y alucinado al considerarla hermosa.

–¿Qué tal la cama... has dormido bien? –le preguntó solícito cuando llegó a su lado.

–Sí, muy cómoda, gracias –intentó sonreír, pero se sentía penosamente tímida.

—Tienes que sentarte y abrocharte el cinturón de seguridad... ya casi estamos en casa.

Aseguró a Nathan en el asiento próximo al suyo y luego centró su atención en la ventanilla.

Antonio se encontró de cara al pequeño, quien, al mirarlo, le sonrió de forma encantadora. Distraído, pensó que realmente era un niño precioso. Y Victoria parecía gastar más dinero y dedicar más tiempo al aspecto de Nathan que al suyo propio. La ropa que llevaba el pequeño en ese momento daba la impresión de ser de marca y nueva. Aunque él sabía muy poco de niños. Probablemente, no tenía un sentido paternal muy desarrollado; a algunas personas les pasaba.

El piloto les anunció que aterrizarían en veinte minutos. Entusiasmada, Victoria esperaba su primer vistazo de Italia, pero durante un rato lo único que vio fueron nubes. Luego el avión descendió y disfrutó de la primera visión despejada del paisaje. El sol brillaba y todo se veía de un verde exuberante y asombroso. Viñedos y montañas, caminos diminutos serpenteando entre campos de trigo.

El ruido del motor se incrementó y descendieron aún más; unos minutos más tarde, las ruedas se posaron con suavidad en la pista y todo rugió mientras el piloto comenzaba a frenar.

Miró a su hijo para comprobar que no estuviera asustado, pero parecía encantado mientras asimilaba todo con gran interés.

Apenas habían hablado desde que subieron a la limusina en el aeropuerto. Iba sentada en un extremo del coche, con Nathan sobre una rodilla, y Antonio en el otro.

Se preguntó si era imaginación suya o si una vez en

Italia la tensión se había incrementado. Quizá Antonio lamentara ese matrimonio apresurado. Rió para sus adentros. No era un hombre que lamentara nada. Lo dominaba una absoluta y arrogante seguridad.

El camino estrecho seguía el contorno de un lago tan grande que durante un momento le pareció el mar. Luego cruzaron un espectacular paisaje montañoso con caídas casi verticales a los lados de la ruta sinuosa. De repente vislumbró un pueblo en lo alto del otro lado del lago. Parecía medieval, como un cuadro sacado de un cuento de Andersen.

—Este lugar es hermoso —comentó ella en un impulso.

—Se llama Limone —le informó Antonio—. Limones en italiano... la costa es famosa por sus árboles cítricos. Sin embargo, el nombre no procede de los árboles sino de una antigua palabra en latín que significa linde, frontera.

—Sabes mucho sobre ello.

Él sonrió.

—Creo que sí. La familia Cavelli se remonta a muchas generaciones en esta zona. El Lago Garda prácticamente va en nuestra sangre —se adelantó y le habló en italiano al chófer, quien a la primera oportunidad se detuvo en el arcén—. ¿Ves ese lugar de ahí abajo? —señaló a través de la maraña de árboles una mansión que sobresalía en la costa. Las ventanas que había en sus enormes muros de piedra daban a la quietud del agua azul—. Ése es mi hogar ancestral.

Victoria abrió mucho los ojos.

—¡Parece más un castillo!

—Sí, la familia siempre tuvo ideas ampulosas —comentó casi con desdén—. Mi padre vive allí. Yo me crié con mi madre en una casa más pequeña y modesta un poco costa arriba... allí te llevo ahora.

–¿Así que tus padres no viven juntos?

–Se separaron cuando yo tenía diez años. Pero mi madre ya ha muerto –continuó–. Falleció hace años.

Le habló otra vez en italiano al chófer y reemprendieron la marcha.

–¿Así que tus padres se divorciaron? –hizo acopio de valor para tratar de continuar la conversación, curiosa por conocer más sobre su vida.

–No, mi padre no creía en el divorcio –soltó–. Prefería la excitación de la infidelidad.

La respuesta seca la sorprendió y probablemente fue más reveladora que lo que él habría querido.

–No suenas como si tu padre te gustara mucho.

–Nos toleramos.

–Es triste... ¿no crees?

La miró ceñudo un segundo, como si la pregunta lo desconcertara.

–No, Victoria, creo que es una realidad.

El coche volvió a detenerse, pero en esa ocasión para esperar que unas enormes puertas metálicas y eléctricas se abrieran despacio.

Luego continuaron por un camino de grava entre hileras de cipreses y unos jardines muy bien cuidados hasta que apareció una inmensa casa blanca que se alzaba segura en una curva del lago.

–Si crees que ésa es una casa modesta, entonces no me extraña que consideraras pequeño mi apartamento –indicó ella.

Él rió y abrió la puerta a un cálido día italiano.

–Entra y siéntete como en tu casa.

Una mujer de mediana edad los recibió en la puerta. Victoria dedujo que era el ama de llaves y que se llamaba Sarah, pero aparte de eso, no pudo entender nada de la rápida conversación mantenida en italiano.

Sí notó que la mujer se mostraba muy sorprendida

cuando Antonio la presentó como su esposa. Estudió a Victoria y luego posó la vista en su hijo, al que sostenía en brazos, con visible consternación.

Alzó el mentón y se enfrentó al frío escrutinio de la mujer.

—Por favor, lleva a la señora Cavelli a su habitación, Sarah —le indicó Antonio en italiano.

—¿Se refiere a su habitación? —inquirió el ama de llaves.

—No, al dormitorio adyacente... el que te pedí que prepararas cuando ayer te llamé por teléfono —en ese momento su voz sonó rígida por la irritación. Sarah llevaba trabajando allí desde hacía casi veinte años y sentía cariño por ella, pero no tenía derecho a cuestionarlo ni a mostrar tanta desaprobación—. ¿Y arreglaste que trajeran las cosas que compré... la cama con barandillas y todo lo demás?

—Sí, todo está en la habitación.

—Bien... entonces, ya sabes dónde va a dormir mi esposa, ¿verdad? —la miró fijamente y luego miró el reloj de pulsera con impaciencia—. Tengo que hacer unas llamadas. Estaré en mi estudio —no disponía de más tiempo que perder con eso.

Iba a marcharse cuando notó lo aprensiva que se veía a Victoria y el gesto protector con el que sostenía a su hijo. ¡Cualquiera pensaría que la había llevado al mismo infierno!

—Ve a relajarte. Te veré luego, Victoria —le indicó antes de recibir una de esas típicas miradas de desafío. Sonrió mientras giraba—. Cuida bien de ella, Sarah —ordenó en italiano por encima del hombro, pero con voz más gentil—. Cerciórate de que tenga todo lo que necesite.

—Sí... desde luego —la mujer lo observó alejarse con perplejidad.

Victoria lamentó no hablar ni entender el italiano.

–Por aquí –le indicó el ama de llaves con un inglés fuerte.

Pensó que la casa era espectacular mientras la seguía por la amplia escalera curva y pasillos anchos.

El dormitorio al que la llevó era la habitación más grande y lujosa en la que había estado jamás. Había una cama gigante con dosel, el mobiliario tapizado con un brocado suntuoso y un ventanal que daba a una terraza pequeña de cara al agua azul del lago.

El ama de llaves abrió la puerta del cuarto de baño.

–Encontrará las toallas en el armario. También hay una selección de productos de belleza... todo a su disposición.

–Gracias –permaneció de pie incómoda mientras el chófer depositaba sus maletas junto a la cama. No pudo evitar notar lo pobre que parecía su equipaje en un entorno tan grandioso y fue consciente de que el ama de llaves había observado lo mismo.

–La habitación del niño está por aquí –Sarah abrió otra puerta que reveló una habitación espaciosa que contenía una elegante cama con barandilla y un bonito móvil azul con barcos encima de ella.

Todo irradiaba lujo. El edredón mostraba un bordado exquisito y junto al ventanal había un sillón tapizado a juego. Sobre una mesa había diversos cuentos y en un anaquel todo lo que necesitaría para Nathan... desde un aparato para escucharlo hasta una selección de ropa y lociones infantiles.

–¿Alguien en la familia de Antonio tiene un hijo? –le preguntó al ama de llaves. No había esperado nada semejante.

–Sí –Sarah frunció el ceño–. Sí... *usted*. El *signor* me pidió que comprara todo lo que un pequeño de dos años podría necesitar –con la mano indicó la habitación–. He hecho todo lo que he podido.

—Gracias. Es maravilloso —la habitación la abrumaba... nunca antes había tenido un dormitorio sólo para Nathan; siempre había dormido en la cuna junto a su cama. Consciente de que el ama de llaves la miraba, recobró la serenidad—. Y... ¿qué hay ahí? —señaló hacia otra puerta próxima a la que conducía a la habitación de su hijo.

—Ésa, *signora*, lleva a los alojamientos de su marido.

—Oh, comprendo... —sintió que empezaba a ruborizarse al mirar a la otra mujer a los ojos—. Bueno... gracias otra vez por prepararme una habitación tan hermosa.

—De nada —le sonrió un momento—. ¿Necesita alguna otra cosa, *signora* Cavelli?

El súbito tono de respeto la sorprendió, al igual que el título, aunque supuso que era así como se llamaba... por el momento.

—No, gracias. Tengo todo lo que necesito.

La mujer asintió y se marchó con paso vivo.

—La cena se servirá a las ocho en el comedor principal —anunció antes de cerrar la puerta a su espalda.

Victoria se sentó en la cama. De pronto se sentía agotada, a pesar de lo mucho que había dormido en el avión. Por el contrario, Nathan parecía rebosar de energía y se retorció impaciente para poder bajar de su rodilla. Le permitió deslizarse al suelo y luego lo observó explorar la habitación.

—No toques el espejo, Nat —le dijo al apoyar los deditos en las puertas con espejos de los armarios.

Él giró la cabeza y sonrió, luego fue hacia su maleta y trató de abrirla.

Pero la mirada de ella estaba clavada en el aspecto que ofrecía ante el espejo.

El traje que llevaba había visto mejores días, tenía la piel de un pálido mortecino y se la veía tensa y ansiosa. No le extrañó que el ama de llaves se mostrara atónita cuando Antonio la presentó como su esposa.

Con una simple mirada la mujer se había percatado de que ése no era su sitio.

Fue a recoger a Nathan y se recordó que no importaba lo que pensaran los demás porque no le importaba. Recogió la maleta de su hijo y fue a la habitación del pequeño.

Su prioridad era Nathan.

Pero Antonio parecía que también lo había considerado una prioridad, dadas las cosas que había comprado especialmente para él.

Ese hombre estaba lleno de sorpresas.

Nathan había visto la caja de juguetes en la esquina y quería bajar para ir a investigar.

Por lo general, a esa hora tendría sueño, pero era evidente que su reloj biológico se hallaba confundido por el viaje y el cambio horario.

Al mirar la vista espectacular a través del ventanal, pensó que quizá algo de aire fresco los ayudara a ambos.

Capítulo 7

ANTONIO salió de la ducha y se vistió deprisa. Había pasado dos horas enteras al teléfono con su oficina de Verona y aún le quedaba ir allí esa noche para ordenar unos papeles para la mañana.

Era un inconveniente, pero tendría que esperar hasta el día siguiente para saborear el placer de ver la sorpresa de su padre. Ya había alimentado la curiosidad del viejo... le había informado de que deseaba discutir los detalles de su acuerdo de negocios con él y que había llevado a alguien a casa.

Éste se había mostrado encantado y de inmediato los había invitado a cenar... quedando decepcionado cuando Antonio le explicó que por asuntos de trabajo deberían postergar la cena hasta el día siguiente.

–Dime, ¿a quién has traído contigo, Antonio? –había preguntado deleitado.

–Tendrás que esperar para verlo en persona, padre –indicó con voz cuidadosamente neutral–. Pero como me pliego a tus deseos, espero, desde luego, que tú te ciñas a tu parte del acuerdo.

–Por supuesto, el año próximo, cuando estés casado y tengas un hijo, estaré más que encantado de retirarme y entregarte mis acciones de la empresa.

Sonrió para sus adentros mientras se ajustaba el nudo de la corbata azul de seda. Su padre iba a jubilarse la semana siguiente, no el año próximo, e iba a ser muy dulce.

Lamentaría el día en que intentó imponerle su voluntad.

Recogió la chaqueta antes de mirar la hora. Eran casi las seis de la tarde y en cuanto arreglara las cosas en la oficina, no valdría la pena volver a la casa esa noche. Sería mucho más conveniente y cómodo quedarse en su piso de la ciudad. Recogió el bolso con mudas para una noche y algunas llaves antes de salir de la habitación.

Sarah se hallaba abajo lustrando los pomos de latón de las puertas.

—No vendré a cenar, Sarah, y me quedaré en mi piso de la ciudad a pasar la noche —le indicó.

—Muy bien, *signor* —no giró la vista.

—Dile a la *signora* Cavelli que la veré mañana. Tenemos una invitación para cenar en casa de mi padre, de modo que tanto ella como el niño deberían estar preparados para marcharnos a las siete.

—Muy bien —en ese momento lo miró—. Pero si quiere comunicárselo usted en persona, la encontrará en el jardín. Está tomando el aire con su hijo.

—No tengo tiempo —repuso con brusquedad—. Así que transmítele tú el mensaje, Sarah.

La mujer asintió con una expresión de severa desaprobación.

—Parece una joven agradable.

Antonio se encogió de hombros.

Ella enarcó una ceja y él sonrió.

—Te veré mañana. Recuerda... quiero ser el primero en transmitirle la feliz noticia a mi padre.

—¡No tiene que recordarme esas cosas! —apoyó una mano en su amplia cadera y lo miró furiosa—. Siempre he sido muy discreta.

—Ciertamente —Antonio asintió. Sabía que Sarah era de confianza... pero el recordatorio no hacía ningún daño. Pasó a su lado y salió al exterior.

El sol empezaba a ponerse, dejando una estela roja y dorada sobre la tranquila superficie del lago. Pensó que a veces olvidaba lo hermoso que era ese lugar y se detuvo brevemente para mirar a su alrededor.

En el otro extremo del jardín vio a Victoria. Jugaba a la pelota con su hijo, y cada vez que éste la capturaba e intentaba devolvérsela, ella aplaudía.

—Atrápala, Nathan, atrápala...

El niño soltó unas risitas al fallar y luego corrió a la máxima velocidad que sus piernas diminutas lo llevaron mientras su madre fingía que lo perseguía.

Antonio sonrió cuando ella alzó con facilidad al niño y lo hizo dar vueltas en el aire. Algo en ese momento despreocupado resultaba conmovedor... y con irritación pensó que desconocía la causa. Estaba a punto de dar media vuelta cuando ella lo vio.

Parecía una gacela a punto de huir de un depredador hambriento. ¿Qué diablos pensaba que le iba a hacer? Molesto, abrió la puerta de su coche.

—¿Te vas? —le preguntó con cierto jadeo.

Sorprendido por la pregunta, giró y vio que avanzaba despacio hacia él con el pequeño apoyado contra una cadera.

—Sí. Tengo cosas que hacer —metió la bolsa con ropa en el maletero del deportivo rojo. Luego, consciente de que seguía cerca de él mirándolo, volvió a centrarse en ella—. ¿Querías algo, Victoria?

—Bueno...

Él miró el reloj de pulsera.

—Porque si no, soy un hombre muy ocupado.

—Sólo quería darte las gracias —dijo con celeridad.

—¿Por qué? —frunció el ceño.

—Por tomarte la molestia de tener preparada la habitación de Nathan —se obligó a entablar contacto visual con él.

–Oh, eso –se encogió de hombros–. Créeme, no fue ninguna molestia. Simplemente, delegué la tarea en Sarah.

–Sí... pero no deja de ser un buen gesto de tu parte. Todos esos juguetes y equipo debieron de costar una fortuna y... bueno, la habitación es preciosa. Yo jamás pude tener un dormitorio propio para Nathan.

Por algún motivo, la conmovedora sinceridad del comentario lo hizo sentir incómodo.

–No quiero tu agradecimiento, Victoria –le dijo con brusquedad–. Dije que velaría por ti y por Nathan mientras estuvierais bajo mi techo y siempre cumplo mi palabra. Lo único que requiero de ti es que mantengas tu parte del trato, que no te interpongas en mi camino y que estés disponible cuando te necesite.

–Haré... lo que esté en mi poder –ruborizada, retrocedió un paso de él como asustada por sus palabras.

–Mi padre nos ha invitado a cenar mañana. Sarah te proporcionará los detalles.

–¿Y está bien que lleve a Nathan...? –inquirió insegura–. Es que no quiero dejarlo... Yo...

–Por supuesto que debes llevar a Nathan –frunció el ceño como si la pregunta fuera de una gran estupidez–. ¡No quiero ni oír hablar de dejarlo aquí!

–¿No? –lo observó desconcertada.

–No, y si eso es todo lo que querías, he de irme...

–De acuerdo... ah, una cosa más. ¿Qué quieres que me ponga? –preguntó en un impulso antes de que él pudiera subirse al coche.

–¿Ponerte? –la miró como si la pregunta lo divirtiera.

–Sí, ¿qué tipo de vestido es el apropiado? –se sintió tremendamente abochornada en ese momento–. Es que... No he traído mucho conmigo y...

–No importa lo que te pongas, Victoria –cortó con

indiferencia–. Ponte lo que quieras... El traje que usaste en la ceremonia de boda –sugirió sin rodeos.

Notó como la blusa se le tensaba sobre los pechos por el modo en que sostenía a Nathan. Y por un momento recordó la sensación de ese cuerpo contra el suyo cuando había caído sobre su rodilla en el avión. El recuerdo lo puso tenso. ¿Por qué diablos pensaba en eso? ¡Todo era por negocios!

–Sí, de hecho, ese traje será perfecto –comentó con determinación al recordar lo poco elegante que había parecido.

–¿De verdad? –Victoria frunció el ceño. No parecía que necesitara causar una buena impresión con su padre. No daba la impresión de ser una verdadera nuera. De hecho, estaría allí poco tiempo–. De acuerdo –murmuró–. Si tú crees que es apropiado.

–De lo más apropiado –asintió–. Y lleva el cabello también igual que en la ceremonia... –la estudió–. Sí, queda mucho mejor retirado por completo de tu cara –el modo en que lo llevaba en ese momento por encima de un hombro, la hacía parecer joven y vulnerable... y casi bonita–. No me gusta como está ahora.

–De acuerdo, me lo recogeré –musitó.

–Bien –subió al coche–. Te veré mañana –le dijo con sequedad.

Al verlo marcharse, ella se preguntó adónde iba, dónde pasaría la noche.

Y de inmediato se recordó que no era asunto suyo.

Estudió su reflejo delante del espejo. El traje era aburrido y la blusa recatada. Pero quizá Antonio quería que ofreciera una imagen profesional para que pudieran tomarla seriamente como su esposa.

En cualquier caso, había acatado sus deseos e incluso se había recogido el pelo en el moño que le había pedido. Se mordió el labio inferior. Le había dolido el comentario de que no le gustaba el cabello cayéndole por los hombros, aunque no entendía por qué, ya que se recordó con lobreguez que no le importaba lo que pensara de ella.

La noche anterior se lo tuvo que recordar varias veces sentada a solas en el comedor formal mientras Sarah le servía. De hecho, se sentía más sola ahí que en su apartamento cuando Nathan estaba acostado y ella cenaba sola.

Quizá se debía a que echaba de menos a sus empleados y a los amigos del restaurante. Tal vez era porque no estaba acostumbrada a que la atendieran y eso la incomodaba. Había preguntado si podía cenar en la cocina y si podía ayudar en alguna tarea, pero Sarah se había mostrado consternada.

–¡Su lugar no es trabajar en la cocina, *signora* Cavelli!

–Pero he trabajado en una cocina casi toda mi vida –le había explicado a la mujer–. Además, me gusta cocinar.

Sea como fuere, ese día había ido a la cocina y había preparado el desayuno para Nathan y para ella antes de que Sarah se diera cuenta de su presencia.

–No debería estar haciendo eso –le había dicho la mujer al entrar y encontrarla–. ¡Se supone que soy yo quien debe cuidar de usted!

–¡Pues no estoy acostumbrada a eso! –había respondido con sinceridad–. Además, esperaba que si pasaba algún tiempo con usted en la cocina, podría obtener algunos consejos sobre la verdadera cocina italiana durante mi estancia aquí.

Tras un momento de vacilación, las facciones severas se habían relajado y Sarah se había encogido de hombros.

–Cada región de Italia tiene su propia y diferente cocina auténtica... ¿qué zona le interesaba?

Era extraño, pero después de aquel intercambio, dieron la impresión de llevarse bastante bien. Pasaron unas horas agradables mirando recetas y Victoria se había sentido más relajada que en mucho tiempo. Desde luego, más que en ese momento, al mirar el reloj y ver que eran casi las siete.

Decidió que lo mejor era bajar a esperarlo, por lo que recogió a Nathan, a quien había dado de cenar hacía una hora, y se dirigió al salón principal. Sarah apareció unos minutos más tarde para preguntarle si deseaba algo.

–No, gracias, Sarah –se pasó una mano nerviosa por la falda.

En ese momento se oyó el sonido de un coche al subir por el sendero y Victoria giró la cabeza hacia la ventana.

–Ah, debe ser el *signor*. Iré a informarle de que usted espera –salió con celeridad del salón.

Pareció reinar un silencio ominoso, con el único sonido del reloj de oro que había sobre la repisa de la chimenea.

De pronto oyó pasos en el suelo de madera.

Alzó la vista en el momento en que Antonio aparecía en el umbral de la puerta y su corazón pareció encogérsele. Llevaba un traje oscuro de cachemira que resaltaba el poderío de sus hombros. Y la camisa a rayas con la sencilla corbata gris de seda complementaba a la perfección su aspecto mediterráneo. Por contraste, hizo que ella se sintiera completamente fuera de lugar.

–Buenas noches, Victoria –saludó al tiempo que evaluaba con intensidad su aspecto–. ¿Lista para irnos?

–Sí –¿es que acaso no lo parecía? Con timidez, se puso de pie–. Llevo esperando desde las siete, como pediste –murmuró con un leve tono de desafío en la voz.

–Bien –pareció divertido y no se disculpó por la demora.

Volvió a mirar el traje sin forma que llevaba y Victoria se sintió acalorada.

–Tú me pediste que me lo pusiera –se excusó a la defensiva.

–Sí... y tenía razón. Es perfecto –la miró a los ojos–. Tú eres perfecta.

Sabía muy bien que no lo era. Durante un momento, recordó cómo su tía solía burlarse de su aspecto. Giró la vista hacia Nathan, de pie, observándolos en silencio.

–Creo que deberíamos irnos –cambió de tema con rigidez–. No quiero estar hasta muy tarde, ya que ahora mismo Nathan debería estar acostado.

–Por supuesto –volvió a notar la expresión vulnerable cuando dejó de mirarlo, como desesperada por escapar. Había algo en su actitud que... ¿Qué? ¿Lo impulsaba a reafirmarla... a protegerla? Frunció el ceño, cuestionándose el camino que seguían sus pensamientos.

Era un trabajo... y le estaba pagando muy bien por su tiempo.

–Yo no me preocuparía... no estaremos fuera mucho tiempo. De hecho, cuando lleguemos quizá descubramos que la cena tendrá que ser postergada.

–¿Por qué? –preguntó desconcertada.

–Porque mi padre puede ser un hombre difícil –musitó él con expresión súbitamente dura.

–Comprendo –aunque en realidad no lo hacía–. ¿Crees que se enfadará por haberte casado sin haberlo invitado?

Ese razonamiento lógico hizo que le sonriera.

–No, puedo garantizar con certeza que eso no le molestará en absoluto –miró a Nathan, quien en ese momento jugaba con su deportivo rojo–. ¿Qué es lo que tienes ahí? —se puso en cuclillas hasta quedar a la misma altura que el pequeño—. Reconozco ese coche.

El niño se lo acercó con seriedad para que lo inspeccionara mejor.

—Ah... —comentó Antonio con aprobación—. Muy veloz y aerodinámico... uno de los coches más deseados en el mundo —Nathan rió entre dientes al verse alzado en esos brazos poderosos—. Cierto, deberíamos irnos.

Había despedido al chófer por ese día y su coche los esperaba en la entrada principal.

—¿Tienes un coche diferente para cada día de la semana? —preguntó Victoria sorprendida.

—No, sólo para cada segundo día —la miró divertido, aunque ella estaba distraída por el hecho de que había un asiento de seguridad para niños en la parte de atrás.

—¿Has puesto eso ahí especialmente para Nathan? —preguntó mientras veía cómo aseguraba a su hijo.

—Bueno, no es para mi maletín, si es lo que estás pensando —bromeó antes de girar para mirarla con más seriedad—. Pensé que ya que esta noche no usaríamos la limusina, sería lo mejor.

—¡Es estupendo, gracias! Pocos hombres solteros habrían pensado en eso.

Él sonrió.

—Puede que hayas salido con demasiados hombres desconsiderados —le abrió la puerta del acompañante hasta que subió.

—La verdad es que no, pero tampoco tengo mucho tiempo para una vida social —se encogió de hombros.

Notó que la falda se le había subido un poco al entrar en el coche, revelando unas piernas torneadas y bonitas. Cerró la puerta y rodeó el vehículo.

—¿Cuándo fue la última vez que tuviste una cita? —no pudo resistir formularle la pregunta al arrancar el poderoso motor.

–¿Te refieres a esta velada como una cita? –le devolvió la pregunta con rapidez–. Porque técnicamente hablando, creo que no lo es.

Antonio sonrió; le gustaba su carácter tímido pero encendido e inteligente. Hacía que deseara desafiarla.

–¿Tú no? Bueno, corrígeme si me equivoco, pero, técnicamente, yo diría que una cita puede ser cualquier encuentro social, ¿no? –se encogió de hombros.

–No lo creo. No en el contexto en el que empleas la palabra.

–¿En serio? ¿Y en qué contexto la uso? –preguntó con humor.

Ella sintió que enrojecía.

–En un sentido romántico... y, bueno, ya lo sabes.

–No me di cuenta de que fueras tan quisquillosa para los detalles, Victoria.

La sonrisa que le dedicó le hizo cosas extrañas a sus sentidos.

Odiaba que pudiera tener ese efecto en ella. Porque sabía muy bien que estaba jugando, que no le interesaba en absoluto cuándo había sido la última vez que había tenido una cita.

Y si supiera la verdad, que llevaba casi tres años sin salir con un hombre, que su única noche atrevida con el padre de Nathan había sido su única experiencia con hombres, probablemente también le resultaría divertido.

Apartó la vista.

–Sí, bueno, puede que lo sea... quisquillosa, tal como lo has expuesto tú. Pero yo prefiero el término *profesional*. Después de todo, es lo único que quieres de mí, ¿no?

–Sí, es exactamente lo que quiero –el modo en que levantaba barreras con él lo intrigaba, aunque no iba a permitir dejarse llevar por esa charada.

El silencio reinó entre ellos.

Victoria observó el camino que serpenteaba entre las montañas. A su lado, el lago titilaba plateado bajo la luz de la luna llena. Si Antonio y ella hubieran sido realmente recién casados de luna de miel, habría sido un momento tan romántico... tan perfecto.

Giraron y se detuvieron ante unas puertas metálicas altas. Él bajó la ventanilla para introducir un código de seguridad en un sistema colocado en la columna. Eso les permitió el acceso y unos momentos más tarde avanzaban por un sendero largo y oscuro.

La casa apareció a la vista, sus torres majestuosas ensombrecidas contra el fondo de la montaña y el lago.

Victoria reflexionó que era hermosa, pero, de algún modo, completamente siniestra. O quizá se lo parecía debido a la tensión que aumentaba en ella.

Se detuvieron ante la enorme puerta principal protegida a ambos lados por leones de piedra que parecían mirar furiosos la noche.

–Bienvenida a la casa familiar –murmuró Antonio con tono burlón, antes de pronunciar algo en italiano.

–Lo siento... ¿qué significa eso? –preguntó ella.

–Significa, bienvenida al ojo de la tormenta...

Quiso preguntarle qué pretendía dar a entender, pero un vistazo a su expresión velada y no se atrevió. Bajó del coche y se ocupó en sacar a Nathan del asiento de atrás.

Antonio se adelantó hasta la puerta de entrada y llamó al timbre.

A pesar de la calidez de la noche, ella sintió frío al seguirlo. Le agradó disfrutar del calor de Nathan en sus brazos... porque de pronto se sintió aterrada.

Capítulo 8

HABÍA considerado que la casa de Antonio era grandiosa, pero ésa era otra cosa; se parecía más a un palacio que a un hogar. El suelo de mármol del recibidor enorme conducía a una zona de recepción alineadas con lo que parecían retratos familiares que se remontaban a generaciones. Detrás, una majestuosa escalera se separaba en dos direcciones distintas que llevaban a la galería que tenían arriba. Tuvo la impresión de que si vagara sola por ese palacio se perdería.

Antonio despidió al mayordomo que a ella le pareció intimidador y la condujo por un pasillo de frisos de madera oscura.

Abrió unas puertas dobles de un salón donde se veía una chimenea encendida. Las lámparas centelleaban por encima de unas exquisitas alfombras persas y un mobiliario oscuro.

No había rastro del padre de Antonio y se hallaban solos.

–Empiezo a sentirme un poco nerviosa –admitió ella con voz suave.

–No te preocupes... al viejo le encanta planificar su entrada.

Nathan se movía impaciente para que lo soltara y antes que luchar con él le permitió deslizarse al suelo para poder jugar con sus cochecitos.

–¿Quieres una copa? –fue al aparador y alzó una de las frascas de cristal.

—No, gracias —estaba demasiado nerviosa para beber—. ¿Crees que tu padre creerá por un momento que nuestro matrimonio es real? —le preguntó de repente.

Antonio la miró. Hasta ese día, habría respondido que no le importaba especialmente lo que creyera su padre; de hecho, había esperado ansioso el placer de contarle la verdad, pero una conversación mantenida con su abogado lo había disuadido de esa idea. Roberto le había aconsejado cautela, que lo mejor era mantener el simulacro de relación hasta que la transferencia de las acciones a su nombre fuera una realidad. Supuso que tenía razón.

—No veo por qué no va a creerlo —respondió con ecuanimidad—. Llevas mi anillo. *Estamos* casados.

—Sí, pero... —tragó saliva—. Yo no soy tu tipo, ¿verdad? Y todo el mundo lo sabe.

—¿A quién te refieres?

—Bueno... a todo el mundo... Tu contable se mostró escéptico... pude verlo en su expresión.

—Tom Roberts no es más que un empleado que sólo piensa en el dinero.

—Bueno, entonces... tu ama de llaves. Sabe muy bien...

—Sarah no dirá nada.

—No necesita decir nada, es lo que quiero recalcar. La gente sabe que has salido con algunas de las mujeres más hermosas del mundo. Tu padre comprenderá que este matrimonio no es coherente nada más verme.

—No lo creo —musitó, mirándola fijamente hasta que ella se ruborizó.

—Estoy siendo realista, Antonio —lo vio ir hacia ella. Tenía que ser realista... no podía permitirse el lujo de engañarse por un instante con esa situación.

—Bueno, creo que no nos costará nada engañar a mi padre con que somos una pareja de verdad.

–¿Lo crees? –lo tenía muy cerca y sintió que sus emociones comenzaban a fundirse en el caos al perderse en la oscuridad de esos ojos.

Vagamente fue consciente de pasos que se acercaban desde el pasillo, pero fue incapaz de apartar la vista de Antonio.

Él apoyó las manos en su cintura estrecha y el corazón le dio un vuelco al tiempo que se sentía consternada.

–¿Antonio?

¿Iba a besarla?

–¡No! –la súplica susurrada no sirvió para nada cuando inclinó la cabeza hacia ella.

No quería que la besara; no quería saber lo que se sentiría al ser poseída por esos labios, porque instintivamente sabía que sería una especie de éxtasis peligroso. Pero fue demasiado tarde... porque él no dudó en tomarle la boca.

Tembló con frenesí ante ese ataque a sus sentidos, deseando no responder. Pero resultaba tan... tan agradable. El placer le recorrió el cuerpo rígido, la liberó y la llevó hasta el punto de ebullición. Y antes de darse cuenta de lo que hacía, le devolvía el beso.

Antonio sintió un aguijonazo de sorpresa al acercarla. Sólo la había besado para mostrarle algo a su padre... su única intención había sido que fuera una demostración falsa de emoción. Pero... le resultó intensamente placentero.

Oyó que la puerta del salón se abría, pero no soltó a Victoria de inmediato, siguió besándola. ¡La sentía tan excitada! Podía saborear la necesidad que temblaba a través de sus labios... notar el apetito en cada escalofrío de ese cuerpo esbelto.

–¡Buenas noches, Antonio!

Su padre habló en italiano y él recobró los sentidos al tiempo que daba un paso atrás.

¡Besar a Victoria no se suponía que fuera algo placentero! ¡Era terreno vedado! ¡Se trataba estrictamente de un acuerdo de negocios!

La miró y vio que estaba agitada... mortificada.

–¿Te encuentras bien? –le susurró.

No le contestó... no podía hacerlo.

Era evidente que el beso también la había sorprendido. Con firmeza, se dijo que no se había cometido nada irreparable. Había sido un momento de locura que había cumplido con el objetivo planeado. Miró por encima del hombro hacia el lugar donde su padre observaba.

–Tendrás que disculparnos, padre –indicó con serenidad también en italiano–. Pero aún estamos en nuestra luna de miel y nos cuesta separarnos.

–¿Estáis... de luna de miel? –la pregunta sonó sobresaltada.

–Sí –sonrió y se puso a hablar en inglés–. Me gustaría presentarte a tu nueva nuera –miró a Victoria–. Date la vuelta y saluda a mi padre.

No era capaz de pensar con claridad... su mente estaba llena con las sensaciones que le había provocado Antonio y la anegaban oleadas de confusión.

–Victoria –dijo con voz firme, igual que sus ojos al mirarla.

Despacio, ella giró y obedeció.

Pensó que jamás olvidaría la expresión de sorpresa que apareció en la cara del anciano cuando la vio.

–Y también deberías conocer a tu nieto –Antonio volvió a hablar en italiano al señalar a Nathan, sentado tranquilo en el suelo junto a ellos y mientras jugaba con sus coches–. Me temo que no es un familiar de sangre... pero algunas cosas no están destinadas a suceder.

Fue obvio que Luc Cavelli no había notado la presencia del pequeño hasta ese momento.

Victoria vio que la expresión del hombre pasaba de consternación a sorpresa y manifiesta furia.

No entendía nada de lo que se decía, pero por el tono sombrío supo que no se trataba de un intercambio amable y no necesitó dominar el italiano para ver que el padre de Antonio estaba muy disgustado con la elección de esposa hecha por su hijo.

Como si percibiera la tensión en el aire, Nathan se puso a llorar.

—Vamos, cariño, no te preocupes —Victoria se agachó y lo alzó en brazos, pegándolo a ella.

Entonces, sin decir una palabra, el padre de Antonio giró en redondo y se marchó, cerrando a su espalda de un portazo.

El ruido hizo que Nathan dejara de llorar y miró alrededor con el fin de ver qué había pasado.

Reinó el silencio y Antonio sonrió.

—Creo que eso ha ido bien.

—¿Perdona? —lo miró fijamente como si estuviera loco—. ¡Ha ido fatal! Es evidente que me odia... y... ¿a qué diablos vino ese beso? —la voz le tembló.

—Sabes muy bien la causa del beso —entrecerró los ojos con frialdad—. Creía haberlo dejado claro... era para asegurar que mi padre se tomara en serio nuestro matrimonio.

La recorrió un dolor intenso al recordar con cuánta pasión había respondido ella. Qué tonta era...

Se la veía tan vulnerable... tan herida. Durante un momento fue como si la viera por primera vez. La ternura con la que sostenía a su hijo, la expresión de sus ojos... el rubor en sus pómulos altos... el modo en que fingía no haber disfrutado del beso.

Musitó algo en italiano que sonó muy enfadado.

–Crees que podrías hablar en inglés... ¿por favor?

Él titubeó y luego movió la cabeza.

–Vayámonos a casa, Victoria.

Estaba en la cama con la vista clavada en la oscuridad. Había conseguido exactamente lo que se había propuesto y las acciones de Empresas Cavelli eran prácticamente suyas.

No le extrañó que su padre fuera a llamar a sus abogados a primera hora de la mañana... pero él se había asegurado de que no tuviera escapatoria del error cometido por él.

Se había evitado una catástrofe importante gracias a un matrimonio de conveniencia, entonces, ¿por qué no se sentía eufórico?

No dejaba de ver el rostro conmocionado de Victoria ante él en la casa de su padre. ¿Por qué se sentía enfadado consigo mismo hasta por haberla llevado allí?

Por enésima vez, se recordó que ella iba a ganar mucho con lo sucedido... un restaurante nuevo y fabuloso y una casa nueva y hermosa. ¿Qué diablos le pasaba?

Impaciente, retiró el edredón y se levantó. Comenzaba a amanecer; empezaría a trabajar temprano en la oficina y se olvidaría de esas tonterías.

Un rato más tarde, duchado y vestido, bajó. Había planeado ir directamente a su coche, pero un rápido vistazo al reloj pulsera lo impulsó a tomar primero un café.

Lo sorprendió encontrar a Victoria en la cocina. Estaba de espaldas a él, perdida en sus pensamientos mientras miraba por la ventana.

Apoyó el maletín en el aparador y ella se volvió sobresaltada.

–¡Me has asustado! ¡No pensé que hubiera alguien levantado a estas horas!

–Sí... eso veo –llevaba la bata azul de satén que se había puesto durante el vuelo en el jet. Aunque no le ceñía el cuerpo, sí le marcaba con suavidad las curvas; el cabello oscuro caía lustroso y profuso alrededor de sus hombros.

Objetivamente pensó que se la veía diferente. El azul de la bata resaltaba sus ojos verdes y tenía un cabello realmente hermoso; resplandecía bajo las luces de la cocina con un exuberante color castaño.

Recordó la necedad de haberle dicho que no le gustaba que lo llevara suelto.

Impaciente consigo mismo, trasladó su atención al maletín y lo abrió. No estaba interesado en Victoria y no quería dar la impresión contraria.

–Me levanté temprano para evitar el tráfico denso hasta Verona –repuso con distracción–. ¿Cuál es tu excusa?

Ella titubeó antes de responder con sinceridad.

–No podía dormir.

La miró.

–Probablemente aún sufres del cambio horario... desde luego a mí me pasa.

–Probablemente.

–Si me sirves una taza de café antes de irme, te lo agradecería –pidió, mirando hacia la cafetera. Luego fue hacia la mesa y hojeó algo de correspondencia de la que necesitaba ocuparse cuando se pusiera a trabajar.

–Aquí tienes –depositó la taza humeante en la mesa junto con una jarra con leche y azúcar–. Y ahora, si me disculpas, iré a vestirme.

Lo irritó su manera distante.

–Antes de que te marches a toda velocidad, debemos hablar de algunos compromisos.

–¿Compromisos? –lo miró desconcertada. Lo único

que deseaba era huir. ¿De qué diablos le hablaba?–.
¿Qué clase de compromisos?

–Cenas... ya sabes, ese tipo de cosas. Esencialmente,
de negocios, pero necesitaré que asistas conmigo.

–¿Por qué? –lo miró horrorizada por la sugerencia.
Él sonrió.

–Porque es el tipo de cosas que hacen las esposas. Y
por el momento, como eres mi esposa, Victoria, se es-
perará tu presencia –dejó algunas invitaciones que acababa de abrir.

Tomó una tarjeta con rebordes dorados. Estaba en
italiano, pero a juzgar por la hermosa ilustración de un
hombre y una mujer, el atuendo debía ser formal de
vestido largo y esmoquin.

–¡Es para mañana por la noche! –notó consternada–.
¡Y en Venecia!

–Sí, la acepté hace semanas –le informó él–. Es para
un baile benéfico, y como yo soy uno de los benefacto-
res principales y daré un discurso especial, he de asis-
tir.

–Pero no creo que me necesites contigo –lo miró
casi suplicante–. Quiero decir, irás todo el tiempo solo
a estos acontecimientos.

–No, por lo general voy con una acompañante –le
dedicó una mirada sarcástica que la sonrojó. Y he aceptado una segunda invitación –prosiguió–. Así que tendrás que ir conmigo.

–¡No puedo! No tengo a nadie que cuide de Nathan...

–Sarah lo atenderá.

–Podrías disculparte –le dijo con tono hosco–. ¡Podrías decir que estoy enferma!

Le alzó el mentón con un dedo para obligarla a mirarlo.

–Pero no estás enferma, ¿verdad? –musitó–. Por lo
tanto, ¿a qué le tienes miedo, Victoria?

Lo tenía demasiado cerca. Y de pronto notó que los ojos de él se habían posado en sus labios.

Con celeridad se apartó. ¡Tenía miedo de permitirse incluso pensar en aquel beso! ¡De que le rompieran el corazón... de quedar como una boba con alguien que estaba fuera de su alcance!

—¡Simplemente no quiero ir! —soltó con vehemencia—. Y no recuerdo haber aceptado algo así. ¡No me dijiste que nuestro... acuerdo de negocios incluiría este tipo de acontecimientos!

—Te lo digo ahora —indicó con suavidad.

—¡Tendrás que llevar a otra persona! —sugirió desesperada.

—¿A una novia? —reinó un silencio tenso—. Yo no soy mi padre, Victoria. Eso queda descartado.

Las palabras airadas remolinearon incómodas entre ellos y Victoria apartó la vista.

Él cerró el maletín y alzó la taza de café.

—Y ahora ve a vestirte —le dijo con firmeza—. Te llevaré a Verona conmigo para que puedas comprarte ropa nueva.

Se sintió completamente dominada por el pánico.

—Pero he de ocuparme de Nathan y aún sigue dormido.

—Sarah cuidará de él. Bajará en un momento y lo arreglaré con ella —alzó una mano antes de que ella pudiera hablar—. Le confiaría mi vida —dijo de forma sucinta—. Es la persona más capaz que conozco... y ahora deja de discutir conmigo y haz lo que se te dice.

Se había quedado sin razones... al menos razones que pudiera manifestar en voz alta.

Lo único que sabía era que pasar demasiado tiempo con Antonio era un error peligroso. No podía permitirse el lujo de intimar demasiado.

Tras un momento de titubeo, fue hacia la puerta. Por

el momento, no parecía tener otra alternativa que seguir con esa charada.

Media hora más tarde conducían junto a las aguas cristalinas del Lago Garda y luego por un exuberante paisaje montañoso lleno de viñedos y olivares.

—¿Es tu primera visita a Italia? —Antonio quebró el silencio de repente.

Ella asintió.

—Cuando vivía en Inglaterra, mis padres jamás tenían dinero para irnos de vacaciones. Con ello no quiero decir que no fueran felices —se apresuró a añadir—, porque lo fueron. Se amaban mucho.

—Y qué me dices de ti... ¿fuiste feliz?

La pregunta la sorprendió.

—Sí, cuando estaban juntos, lo fui. Solíamos ir durante días a Brighton —sonrió—. Recuerdo a mi padre comprándome helados y dejándome subir a las atracciones de la feria.

—Lo echas de menos.

—Sí, supongo que aún lo hago. Prácticamente todo se desmoronó cuando murió. Mi madre lo añoraba demasiado. Era el amor de su vida —se sonrojó—. Siempre y cuando creas en esas cosas.

—En realidad, no —sonrió—. Aunque sé que debería... los italianos tenemos fama de ser románticos, pero... —se encogió de hombros.

—Eres un realista.

—Algo así.

—Yo también —se sintió bien al decirle eso... en especial después del beso de la noche anterior.

Él sonrió y aceleró, hasta que en la distancia, debajo de los campos de amapolas y viñedos, ella pudo ver la ciudad de Verona titilar bajo la luz del sol.

—Se ve preciosa —murmuró.

—Y para siempre vinculada con el amor y el romance

–le informó Antonio–. Hay una casa en el centro de la ciudad conocida como *Casa di Giuletta*, que se dice fue el hogar de Julieta... como en Romeo y Julieta. Al parecer, otrora el edificio fue propiedad de la familia Cappello y según se dice, Shakespeare se inspiró en ellos. El famoso balcón es, probablemente, la atracción turística más famosa de la ciudad.

El silencio volvió a reinar entre ellos; la miró y vio la expresión de éxtasis en la cara de Victoria cuando entraron en la ciudad.

–Es hermosa, ¿no? –musitó.

–Sí, no esperaba que lo fuera tanto, y parece tan mediterránea con las colinas circundantes con sus viñedos y olivares.

Antonio asintió.

–Esas colinas son el hogar de la región vinícola Valpolicella y del famoso vino Amarone de Veneto.

–Creo que no he probado ese vino –comentó ella.

Recibió una mirada de fingido horror.

–En el almuerzo tendremos que solucionar semejante fallo.

En ese momento conducían alrededor de lo que parecía un antiguo coliseo romano. El lugar era fascinante. Enfrente, había una calle ancha alineada con terrazas y restaurantes sofisticados.

–Por desgracia, he de ir directamente a la oficina –continuó Antonio–. Pero después de que hayas hecho tus compras, podemos quedar aquí.

Se sintió muy aliviada de que no fuera a acompañarla de compras. Habría sido de un bochorno horrendo.

Al girar en una calle lateral, le señaló por dónde debería ir y dónde quedarían y luego bajó a un aparcamiento subterráneo que exhibía el emblema dorado de Empresas Cavelli.

–Ésta es la sede central de mi compañía –le informó mientras aparcaba en una plaza que exhibía su nombre–. Si tienes cualquier problema, me encontrarás aquí. Toma el ascensor hasta mi despacho en la última planta –señaló una puerta que había enfrente–. Dile al guardia de seguridad que eres mi esposa y él te mostrará el camino.

Por algún motivo, esas palabras jugaron de forma tentadora en su mente antes de desterrarlas. No era su esposa... no en un sentido verdadero.

–No tendré ningún problema –le informó con rapidez.

–Bien –sacó la cartera del bolsillo de la chaqueta–. Pero quizá sea mejor que te lleves mi tarjeta, donde figura mi teléfono... ah, y tu tarjeta de crédito –sacó una tarjeta oro–. He abierto una cuenta para ti con tu nombre de casada.

Aturdida, miró la tarjeta. ¡No tenía intención de estarle agradecida de ese modo!

–¡Puedo comprar mi propia ropa!

–Victoria, ¿cuánto dinero llevas encima?

Lo miró furiosa.

–El suficiente para comprarme un vestido.

–También necesitas comprar accesorios y algunos vestidos de cóctel para otros compromisos ya adquiridos. Y no quieres ahorrar en calidad.

Sintió que se sonrojaba, porque si quería ser sincera consigo misma, él tenía razón... no disponía del dinero suficiente para comprar la ropa de marca de la que hablaba Antonio. ¡Pero tenía su orgullo!

–No pasa nada. ¡Me arreglaré!

Él movió la cabeza.

–¡Jamás me he encontrado con una mujer como tú, que pareciera insultada porque me ofreciera a comprarle un vestido...! ¡Y el hecho de que estemos casados hace que sea aún más extraño!

–Pero no es un matrimonio real, así que no nos dejemos llevar por la situación.

–No –durante un segundo calló y en el coche reinó tensión–. Pero sigues teniendo que desempeñar un papel, Victoria.

–¿Temes que vaya a estropear tu reputación de que sólo se te ve con las mujeres más hermosas y mejor vestidas del mundo?

–¡No, no seas absurda! –la miró a los ojos–. Y estoy seguro de que estarás hermosa sin importar qué te pongas.

–Mentiroso... –el susurro tembló en el aire entre ellos.

–A veces me da la impresión de que te gusta esconderte... pero, de hecho, tu sentido severo y recatado del estilo empieza a gustarme.

¡Qué condescendiente podía ser!¡Cómo se atrevía a decirle algo así!

–¡Yo no me oculto! ¡Me visto de forma profesional sólo para ocasiones profesionales! ¡Y nuestra así llamada boda fue una de ellas!

–Me parece perfecto –se encogió de hombros–. Pero no puedes llevar un vestido de trabajo a una gala veneciana, ¿verdad? –le tomó la mano–. Pero sí significa que puedes aceptar esto con el mismo espíritu profesional con el que yo te lo ofrezco –le puso la tarjeta en la palma y le cerró los dedos sobre ella–. Llámalo mi inversión en el mercado de los artículos de consumo –añadió con sarcasmo.

–Muy gracioso.

–Dispones de unas tres horas para comprarte tres trajes... vestidos de cóctel y un vestido de noche apropiados. Y ahora, vete.

Capítulo 9

QUIÉN demonios se cree que es?», se preguntó mientras caminaba por la calle peatonal Via Mazzini.

De pronto se dio cuenta de que estaba pasando ante todas las tiendas sin siquiera mirar los escaparates. Se detuvo. Necesitaba calmarse y centrarse.

Debía comprarse tres buenos vestidos y demostrarle a Antonio que sabía un par de cosas sobre la moda a pesar de su opinión condescendiente.

Se plantó ante el escaparate que tenía frente a ella y miró. Era una boutique de marca; la ropa era exquisita y probablemente muy cara, porque no se veía ningún precio por ninguna parte. Un vestido largo en particular captó su interés; exhibía un profundo escote en la espalda. Era de seda resplandeciente de tonalidad turquesa con vetas de un azul medianoche.

Lo admiró unos momentos, luego frunció el ceño. ¿A quién quería engañar? Se vería horrible con ese vestido; sería demasiado ceñido y el escote demasiado revelador.

Impaciente, fue a otra tienda. El estilo italiano era hermoso, la piel de la mejor calidad, los zapatos... sexys más allá de lo que parecía posible. Resultaba algo surrealista que estuviera caminando entre esas tiendas, mirando ropa que por lo general no sólo habría estado fuera del alcance de su presupuesto, sino también de su estilo de vida en casa.

No iba a ninguna parte que justificara poseer esos vestidos; pasaba casi todas las noches trabajando o con Nathan.

Ceñuda, comprendió que seguía siendo la mujer sensata y pragmática que por lo general era.

Y sin duda eso era lo que esperaba Antonio. Probablemente pensaba que no tendría ni idea de lo que comprar.

Una vendedora se acercó a ella y le habló en italiano, sacándola de su ensimismamiento.

–Lo siento, no hablo su idioma...

La mujer sonrió con cortesía.

–¿Le gustaría probarse ese vestido? –preguntó con un hermoso acento inglés–. ¿Puedo ayudarla en algo?

Victoria miró el vestido pequeño y provocativo que tenía en la mano.

Se recordó que ese día no tenía que ser pragmática... se encontraba en Italia, de compras para fiestas y galas exclusivas. Y la tarjeta oro que Antonio le había insistido que llevara aún le quemaba en el bolso.

Por una vez en la vida podía permitirse el lujo de ser frívola.

Llegaba quince minutos tarde. Antonio se hallaba sentado bajo el sol y ojeaba el menú. No estaba acostumbrado a que lo hicieran esperar. Le concedería cinco minutos más, luego la llamaría para comprobar si se había perdido.

Tenía que volver al trabajo en una hora... lo esperaba una montaña de papeles que debía repasar después de su viaje a Australia. De hecho, no debería haberse tomado el tiempo para salir a almorzar ese día... y ni siquiera era capaz de descubrir por qué lo había hecho. El camarero apareció ante su mesa y él pidió una botella de Amarone y dos copas. Luego, al volver a quedarse solo, observó a la gente que pasaba por la acera. La tarde tenía un aura de somnolencia calurosa.

El murmullo suave de voces italianas de los otros comensales del restaurante lo relajaba mientras en el aire flotaba el aroma a café tostado.

Volvió a mirar la hora impaciente.

Entonces vio a Victoria girando por la esquina y dirigirse hacia él. Iba cargada de bolsas, pero andaba con una seguridad relajada que le provocó una sonrisa. Parecía joven y despreocupada. Nunca antes la había visto de esa manera.

Al acercarse lo vio y sonrió.

—Lamento la tardanza.

—No pasa nada, te perdono —se puso de pie con cortesía y aguardó que ella se sentara frente a él antes de imitarla—. A juzgar por todas las bolsas que traes, doy por hecho que tu expedición de compras ha sido un éxito.

—Así es... gracias —tomó la copa de vino que Antonio le había servido—. Ha sido divertido. Todo es tan elegante aquí. ¡Hasta las aceras!

Su entusiasmo era contagioso y Antonio rió.

—Algunas están hechas con el mármol local, Rosa Verona.

—Es muy agradable a la vista —le sonrió. Era extraño, pero se sentía animada después de haber ido de compras y más relajada que lo que era capaz de recordar.

—Me alegro de que te entusiasme —la observó—. ¿Significa eso que a pesar de tus reservas acerca de venir a Italia, no representará algo tan arduo vivir aquí un tiempo?

Reflexionó un segundo.

—No, no será nada arduo —repuso con sinceridad—. Estoy segura de que sería más que feliz viviendo aquí...

un tiempo –añadió la condición que él había empleado, consciente de que sin importar cuáles fueran sus sentimientos, su tiempo allí sólo sería fugaz–. El coliseo parece interesante –miró hacia la acera de enfrente en dirección al gran anfiteatro romano.

–Sí, tiene unos dos mil años de antigüedad y es como el de Roma, sólo que más pequeño y completo. Sin embargo, hoy en día sólo se usa para festivales de ópera en vez de lucha de gladiadores. Es uno de los escenarios al aire libre más grandes del mundo.

Bebió un sorbo de vino.

–¿Es éste el famoso vino Amarone del que me hablaste? –cambió de tema–. Es muy bueno. Tendré que pensar en servirlo en el restaurante.

–No es un vino que deba pasarse por alto –convino relajado–. A propósito, ¿cómo van las cosas en el restaurante? No tuve tiempo de echarle un vistazo antes de marcharnos de Sídney.

–Prácticamente, según lo previsto. Los fogones se han quitado y encerado, las alfombras nuevas y el suelo de madera se han puesto. Ahora sólo espero la entrega de las mesas y sillas nuevas que he pedido. Ah, y Claire espera que me decida por alguna encimera de trabajo –sonrió–. Tengo que repasar unos cuantos folletos.

–Si quieres llamarla, o usar el ordenador de mi despacho en casa, siéntete libre de hacerlo.

–Gracias, eso ayudaría.

–He abierto una cuenta corriente en un banco de aquí e ingresado una cantidad que te ayudará con tus gastos. Además, debes usar esa tarjeta que te di para cualquier cosa que puedas necesitar.

–Ya hemos tenido esta conversación. No me siento cómoda si no dejas de proveerme de fondos...

–Como bien dices, ya hemos tenido esta conversación –la miró fijamente–. No conseguirás nada discutiendo conmigo, Victoria –con un gesto de la mano, llamó al camarero–. Ahora deberíamos pedir –le expuso–. Por desgracia, no dispongo de mucho tiempo ya que he de volver al trabajo.

Victoria abrió el menú y trató de erradicar el tema frío del dinero.

–¿Qué me recomendarías? –preguntó.

–Aquí hacen muy bien los *bigoli*. Son una especie de espagueti. También los ñoquis.

Se decantó por los *bigoli* de primero y un besugo de segundo.

Cuando el camarero se marchó y ella siguió echando un vistazo al menú, Antonio la estudió.

Ese día le había dado un poco el sol y su piel se veía radiante. Y el cabello había terminado por caerle sobre un hombro en una trenza gruesa y resplandeciente.

Ella alzó la vista y lo vio mirándola al tiempo que captaba ese brillo de interés masculino en sus ojos. Cuando le sonrió, apartó la vista confundida. Se dijo que debía haberse equivocado; era imposible que Antonio la mirara de esa manera. Había dejado más que claro que sólo se trataba de negocios y que ella no era su tipo.

–El menú... es muy interesante comentó, tratando en centrarse en otra cosa.

–¿Lo es? –sonó divertido por la observación.

–Sí... la selección de platos es... –calló al notar que él había enarcado una ceja–. Lo siento, puedo dejarme llevar por los temas de comida, es una...

–Deformación profesional –concluyó por ella con una sonrisa–. No te preocupes, los italianos también somos muy apasionados con nuestra comida.

El camarero les llevó un poco de *antipasto* frío y los dejó en el centro de la mesa junto con pan recién horneado. Había jamón y unas exquisitas aceitunas verdes y negras junto con algunas verduras asadas con queso de cabra.

–Si estás interesada en platos nuevos para tu restaurante, deberías probar el toque especial que le da el chef a la *giardinara* –señaló él, indicando el pequeño plato que ella había estado estudiando.

–¿Qué es? –se adelantó con interés.

–Verduras frescas con un marinado agrio. Prueba un poco –cortó un trozo del pan templado y vertió un poco del plato con una cucharita, luego lo extendió hacia ella.

Victoria iba a quitárselo de la mano, pero él depositó el bocado en sus labios. Había algo muy íntimo en el gesto que le aceleró el corazón e hizo que su respiración se ralentizara... fue una sensación muy extraña.

–¿Qué te parece? –quiso saber él con una sonrisa.

–Delicioso.

–La comida debería ser como la vida, ¿no crees? Debería estimular los sentidos... –ella lo miró–. Te ruborizas de una forma muy bonita, ¿lo sabías? –musitó.

Durante un momento, la calidez de sus ojos pareció provocada por el sol al posarse en ellos. Con dificultad, Victoria consiguió recobrarse.

–¡Eres un seductor, Antonio! Pero supongo que es algo innato a los italianos.

Él rió.

–Para una mujer que nunca ha estado en Italia, te sientas a la mesa con un montón de ideas preconcebidas.

–Pero casi todas son ciertas, ¿no? –replicó.

–Algunas –corrigió él con una sonrisa–. Dejaré que descubras cuáles a su debido tiempo.

Se esforzó en que no le gustara, en no rendirse a su personalidad magnética, a esos ojos oscuros y sexys... pero el calor del día y el suave fluir de la conversación empezaban a invadirle los sentidos.

Cuando terminaron los platos principales y el camarero esperaba junto a la mesa para saber si iban a desear algo más, ella se dio cuenta de que llevaban una hora hablando de nada en particular con un júbilo absoluto.

Antonio miró su reloj de pulsera.

—Me temo que he de volver a la oficina.

—Sí... y yo a la casa, de lo contrario Nathan empezará a preguntarse dónde estoy.

—Le diré a mi chófer que te recoja y te lleve a casa —dijo él.

En ese momento los interrumpió una mujer que se detuvo junto a la mesa, haciendo que ambos tuvieran que alzar la vista.

—¡Elizabetta! —Antonio se levantó con un movimiento fluido y besó a la morena atractiva en ambas mejillas mientras durante unos instantes hablaban animadamente en italiano antes de que él pasara al inglés para presentar a Victoria.

La mujer le sonrió con cortesía.

—No creo que nos hayamos visto antes —dijo con un inglés perfecto.

Victoria pensó que era deslumbrante, probablemente de unos treinta años, con un cabello ondulado largo que le enmarcaba un rostro impecablemente maquillado. Lucía un vestido negro ceñido con un cinturón de piel ancho que resaltaba su cintura estrecha.

—Victoria acaba de venir conmigo desde Australia —respondió Antonio—. Nos casamos hace unos días.

Hubo un momento de silencio sobresaltado.

—¡Os habéis casado! —miró a Antonio como si casi esperara que le dijera que bromeaba—. ¡No me lo creo! ¡El hombre que juró que jamás se casaría!

De repente Victoria comprendió que esa mujer estaba enamorada de él Pudo verlo en la expresión dolida de los ojos oscuros mientras lo miraba.

–Fue una decisión repentina –Antonio se encogió de hombros.

La mujer asintió y pareció recobrarse.

–Bueno, felicidades –volvió a mirar a Victoria–. Espero que los dos seáis felices.

–Gracias –Victoria sonrió incómoda.

–Será mejor que me vaya o llegaré tarde al trabajo –Elizabetta miró otra vez a Antonio–. Ha sido agradable verte otra vez –musitó–. ¡No puedo creer que estés casado! Uno de los solteros más codiciados muerde el polvo... finalmente.

Él rió.

Al alejarse de ellos, Victoria lo miró.

–Parece adorable.

–Sí. Trabaja para una agencia de publicidad a la que recurro de vez en cuando.

–¿Y es una ex novia?

La miró con ironía y ella notó que se acaloraba.

–No es que sea asunto mío –murmuró ella incómoda.

–Salimos unas veces el año pasado. Pero jamás fue algo serio –se encogió de hombros.

Quiso decirle: «Jamás fue serio para ti», pero prefirió callar. Mientras ella no pasara a formar parte del grupo, no era asunto suyo cuántos corazones femeninos había roto.

–Te veré mañana por la noche en Venecia –le informó.

–¿No vendrás esta noche a casa?

–No –movió la cabeza–, trabajaré hasta tarde, así que será mejor que me quede en el piso que tengo en la ciudad.

–Sí, por supuesto –asintió y trató de fingir que no le importaba–. Entonces... ¿he de... reunirme contigo en Venecia? –quiso aclarar con voz ronca.

–Sí, es un trayecto un poco largo, así que te enviaré un helicóptero. ¿Si es que no ofende tu sensibilidad de independencia?

–Si lo hiciera, te daría igual –replicó, consiguiendo una sonrisa de él.

–Quizá no –respondió–. En cualquier caso, pasaremos la noche en el hotel Cavelli del Gran Canal.

–¡La noche! –frunció el ceño–. ¡No puedo dejar a Nathan una noche solo!

–Relájate... no te estoy sugiriendo que lo hagas. Sarah irá contigo y lo cuidará. Le gustará pasar una velada en el Cavelli.

–Pero...

–He de irme, Victoria –cortó con firmeza y le indicó al chófer que le abriera la puerta de atrás a ella–. Te veré en Venecia.

Capítulo 10

LLAMARON a la puerta y Sarah se asomó para decirle que era hora de marcharse.

–De acuerdo, sólo un momento –le sonrió al ama de llaves. ¡Cuánto se había equivocado al pensar que la mujer era un ogro!

Siempre se ofrecía a echarle una mano y ese día había sido de especial ayuda con Nathan mientras ella iba al salón de belleza, aparte de que luego también la ayudó con el equipaje.

Alzó a Nathan y lo abrazó.

–Muy bien, cariño... nos vamos de aventura –le susurró.

Jamás olvidaría el viaje mágico a Venecia. Primero disfrutó desde las alturas de una visión magnífica del Lago Garda en toda su espectacular gloria; el impactante paisaje montañoso y los pequeños poblados resultaban imponentes. Los ferrys que surcaban las aguas azules parecían juguetes en una tierra de ensueño. Luego, más allá de las montañas y los viñedos, volaron hacia el mar, acercándose a Venecia a medida que el sol empezaba a ponerse e iluminaba el cielo con vívidas llamas de tono albaricoque.

El color surrealista se reflejaba en el agua junto al Rialto, donde las góndolas ofrecían sus servicios y luego centelleaba sobre los tejados y los chapiteles de la ciudad.

Sarah señaló el hotel Cavelli, de construcción rena-
centista y que daba al Gran Canal. Las cúpulas a ambos
lados y las imponentes columnas le daban un aire real
de sofisticación. Sobrevolaron el enorme tejado hasta
posarse en el helipuerto que tenía a un lado. Nathan
aplaudió encantado cuando aterrizaron.

En cuanto las hélices se detuvieron, un empleado del
hotel cruzó la terraza para abrirles las puertas del aparato y darles la bienvenida.

Victoria se sintió como una VIP al bajar al aire nocturno.

–Le hemos preparado la suite principal, *signora* Cavelli, tal como indicó su marido –anunció y se volvió
para guiarlas por la terraza, junto a una piscina de tamaño olímpico, hasta cruzar en el otro extremo unos
ventanales que daban a un salón espectacular. En el otro
extremo había un balcón con vistas al Gran Canal. Y
luego unas puertas que descendían hasta lo que parecía
un apartamento independiente a un costado. El equipaje
de Sarah y de Nathan fue conducido hacia ese lado,
mientras el suyo seguía la dirección opuesta.

Miró a través de la puerta y vio un magnífico dormitorio principal con una enorme cama con dosel. El edredón blanco estaba rociado con pétalos de rosa.

–Les hemos dejado a usted y al *signor* Cavelli un
poco de champán –el director indicó una botella en una
cubitera junto a la cama; en el tocador había un ramo
enorme de flores–. Con nuestros mejores deseos para
ambos.

–Gracias... es muy amable –sintió que la dominaba
la incomodidad al notar que en el dormitorio ya había
algunas pertenencias de Antonio. Daba la impresión de
que se alojaba mucho allí. Uno de sus pantalones colgaba de un planchador. Y en un anaquel de cristal había
algunos frascos de higiene masculinos. Era evidente

que el personal del hotel se hallaba bajo el engaño de que iban a compartir y usar la suite para la luna de miel.

–Entonces, ¿ha llegado... ya... mi marido?

Le resultaba extraño mencionarlo como su marido, no terminaba de acostumbrarse a ello.

–No, *signora*, por desgracia se ha visto retrasado, pero ha dejado un mensaje diciendo que la vería abajo en la zona de recepción del vestíbulo a las ocho en punto.

–Muy bien, gracias.

El hombre inclinó la cabeza.

–Si desea algo más, por favor, no vacile en llamarnos por teléfono.

Cuando se quedó sola, se dedicó a bañar y a ponerle el pijama a Nathan, luego colgó el vestido en la parte exterior de la puerta del armario y lo contempló.

En un momento de locura, había decidido comprar el maxivestido del escote pronunciado en la espalda. La tela y el diseño eran exquisitos. Era un vestido para una mujer hermosa con un cuerpo perfecto...

¿En qué había estado pensando?

El día anterior le había parecido un idea tan buena... pero en ese momento, pensando que Antonio la esperaría abajo, le provocaba un susto de muerte.

Pero ya no había tiempo de cambiar de parecer. Alzó el mentón y se ordenó dejar de comportarse como una tonta. ¿Qué pasaba si a Antonio no le gustaba? A ella le había encantado al probárselo y había quedado sorprendida por lo agradable que resultaba.

Con más energía positiva, se sentó ante el tocador y abrió el neceser para sacar los artículos de belleza y las lentes de contacto.

Las había comprado hacía tiempo con el fin de poder usar gafas de sol, pero sólo había llegado a ponérselas una vez.

Poco antes de las ocho, dio un paso atrás y se miró en el espejo. Apenas logró reconocerse.

Antonio se hallaba en el vestíbulo hablando con el director del hotel. Por el día ajetreado que había tenido, se había duchado y puesto el esmoquin negro en su apartamento de Verona. Había llegado justo a tiempo; tenían que estar en la gala del hotel Carnival en unos veinte minutos para poder ofrecer su discurso de bienvenida. Por suerte era una caminata corta, pero debían marcharse de inmediato.

Distraído, volvió a mirar su reloj de pulsera..

Eran las ocho en punto.

Se volvió y miró hacia las escaleras que conducían a los ascensores. Por ellas bajaba una mujer hermosa. La observó con sumo interés. Era arrebatadora. Alta y elegante, llevaba un resplandeciente vestido de escote en la espalda que resaltaba su figura increíble a la perfección. El cabello oscuro le caía en ondas sedosas a un lado de su rostro hermoso. Los ojos verdes y grandes estaban enmarcados por unas pestañas largas y tenía una boca perfecta... hecha para ser besada.

Ella le sonrió y él no pudo evitar devolverle la sonrisa, luego apartó la vista. Fue en ese momento cuando se dio cuenta de que había algo familiar en dicha sonrisa... y en el modo en que esa mujer se erguía. Volvió a mirarla con una sensación de incredulidad. Era Victoria... *¡Era su esposa!*

Con sorpresa aturdida, observó el resto de su avance y se permitió mirarla con abierta curiosidad.

Cuando Antonio se había vuelto y la había mirado, la audacia de su escrutinio la había dejado sin aliento.

Nunca antes un hombre la había observado de esa manera, y menos un hombre tan atractivo. En ese momento pudo ver el reconocimiento atónito que apareció en los ojos de él y notó que la tímida sensación de placer que bullía en su interior se intensificaba un millón de veces.

Al llegar al último escalón, él fue a su encuentro mientras estudiaba con aprobación las curvas de su cuerpo.

–Victoria, estás deslumbrante –murmuró.

La asustó el deseo que había en sus ojos... pero también la excitó.

Con dificultad, intentó desterrar la sensación y sonreír con dignidad ecuánime.

–Me complace que lo apruebes.

La respuesta que le dio y el modo en que lo miró sólo sirvieron para alimentar la llama de interés que ardía en su interior. La deseaba... quería desnudarla muy despacio y besar cada centímetro de ese cuerpo antes de poseerla totalmente.

¡Ese pensamiento súbito lo aturdió! Enfadado, se recordó que era algo que quedaba completamente descartado. Sólo era un acuerdo de negocios y sentimientos de ese tipo únicamente servían para complicar demasiado las cosas.

–Deberíamos irnos –soltó con impaciencia–. El hotel está a sólo unos minutos de aquí. Así que he pensado que podíamos ir andando, ¿te parece bien?

–Sí, perfecto. Me gustaría respirar algo de aire fresco.

Le ofreció el brazo al salir juntos del hotel y notó las miradas de admiración que recibía Victoria, en particular de los hombres. Ella parecía ajena a todo y eso potenció su deseo de ser protector.

Frunció el ceño. No era un hombre posesivo... ¡y menos con Victoria! Cuando llegara el momento en que tuviera las acciones de la empresa, se despediría de ella...

El exterior estaba oscuro, iluminado por las farolas titilantes que brillaban sobre las aguas sedosas del Rialto.

A Antonio le gustaba Venecia de noche, el ritmo pausado después de que la muchedumbre diurna se hubiera marchado; era como si la ciudad regresara a una época pasada de vida menos frenética. Y Victoria se mostraba tan entusiasmada con todo que le resultaba imposible no dejarse arrastrar por su excitación y disfrutar aún más de la velada.

La seda del vestido era tan delicada que creía estar tocando piel desnuda con la mano apoyada en su cintura.

La acercó un poco más.

–¿Sabes que me dejaste atontado cuando antes te vi bajar la escalera? –le susurró.

–Doy por hecho que creías que carecía de sentido del estilo y que esta noche parecería una anticuada –intentó sonar frívola.

–No sé qué creía –dejó de andar y la miró–. Sabía que podías estar bien, y desde que te conocí pensé que podrías arreglarte más... Bueno, te expuse lo que pensaba...

–¡Sí, y no quiero volver a oírlo, gracias! –exclamó enfadada.

Él sonrió.

–Eso es lo que me gusta de ti, Victoria, ese estilo enérgico y fuerte. Tienes mucho espíritu escondido detrás de ese... más bien delicioso cuerpo...

De pronto ella sintió que la atmósfera entre ambos adquiría la consistencia del calor líquido.

Antonio tuvo que recordarse otra vez que Victoria era un fruto prohibido... aunque no podía evitar rememorar lo agradable que había sido besarla.

Posó la vista en esos labios suaves.

—Deberíamos irnos, o llegaremos tarde —indicó ella con voz ronca e incierta.

Supo que también ella se lo estaba preguntando.

—Victoria, acerca del beso de la otra noche...

—Creo que no deberíamos hablar de eso —al instante sonó abochornada.

—Sólo iba a comentar que resultó sorprendentemente placentero —sonrió burlonamente.

—¿Sí? Yo no lo noté —se forzó a tratar de sonar seca, pero de pronto anheló que se acercara más, que la abrazara y que tomara posesión de sus labios. Pero la intensidad de la sensación la paralizó, ya que se trataba de una locura que únicamente le dejaría con el corazón roto.

—¿No lo notaste? —sonó divertido.

—No... la verdad es que no —alzó el mentón con determinación y lo miró a los ojos.

—Entonces, debió de ser mi imaginación... o quizá deberíamos repetirlo... para ver qué sucede.

—No podemos... —el corazón volvió a desbocársele.

—No existe esa palabra —le apartó un mechón de pelo suelto de la cara, luego bajó la cabeza y la besó.

Durante un instante ella trató de apartarse, pero él la retuvo con firmeza, tomando plena posesión de su boca de un modo dominante que hizo que los sentidos le dieran vueltas como una peonza. Y Victoria comprendió que no quería apartarse... que lo deseaba.

El beso no fue una exploración gentil de sentimientos; fue una embestida de pura pasión... y la sensación fue mucho más placentera que la vez anterior. El deseo la invadió con tanta fuerza que la sacudió hasta el propio núcleo de su ser. Sintió como si el cuerpo empezara a despertarle, cobrando vida tras un invierno largo de hibernación. Quiso pegarse aún más a él; quiso mucho más.

El sonido de gente al acercarse hizo que se separaran. La realidad regresó de la mano de la consternación.

–No debimos haberlo hecho –le susurró.

La gente que oyeron pasó a su lado con el sonido de risas y la fragancia de perfumes caros.

Luego volvieron a estar solos.

–Puede que tengas razón... –corroboró él con expresión inescrutable–. Sin embargo, no intentes decirme que no te gustó porque no te creeré.

¡Era tan arrogante!

–No iba a decir eso... De hecho, pensaba decir que el ambiente de nuestro entorno evidentemente nos afecta. Pero que sigue siendo un error necio.

Él sonrió de repente.

–En la escala de errores necios... ha sido uno muy placentero.

En ese momento se acercaba más gente.

–Vamos. Hablaremos de ello más tarde –la tomó de la mano y reanudaron la marcha.

–Preferiría olvidarlo –pero el contacto de su mano le generó pensamientos encontrados al respecto. Con celeridad se soltó.

Antonio no estaba acostumbrado a mujeres que hicieran eso. Pero lo más probable era que victoria tuviera razón. Sabía que estaba moviéndose por terreno peligroso. No quería que el acuerdo se complicara. Sin embargo, cuanto más trataba ella de alejarse de él, más ansiaba acercarla. Frunció el ceño. ¿Era sólo el placer de la persecución... u otra cosa a la que no se hallaba habituado?

Al girar por la esquina, Victoria vio el Grand Hotel Carnival; era un edificio impresionante de tres plantas, con terrazas iluminadas que daban al canal.

En el interior, había una amplia recepción de suelo de piedra abarrotada de cientos de personas que reían y charlaban.

Mientras se habrían paso entre la multitud, daba la impresión de que todos querían llamar la atención de Antonio y hablar con él.

Finalmente, llegaron hasta la entrada del salón de baile. Unas arañas de cristal muy elaboradas deslumbraban los sentidos. En un escenario situado a un lado, una orquesta tocaba un vals mientras en la pista las parejas daban vueltas al son de la música.

Fueron dirigidos hacia una escalera con una alfombra roja que conducía a una galería superior y a una mesa privada.

—Es un lugar fantástico —comentó cuando Antonio le apartó una silla.

Él asintió.

—Sí, creo que el edificio se remonta al siglo XV.

Un par de camareros llegó con una botella de champán en una cubitera y unas finas copas.

Iban a llenarlas, pero Antonio los despidió con un gesto de la mano y él se encargó de hacerlo.

Alzó su copa.

—Por una velada exitosa —brindó con una sonrisa.

Algunos de los organizadores se presentaron para hablar con él y se puso de pie.

—Voy a tener que irme a cumplir con mi parte —le dijo a Victoria a regañadientes—. No tardaré mucho.

Al plantarse ante el auditorio, la música aumentó in crescendo y de repente se detuvo; Antonio fue recibido con una sonora salva de aplausos.

Victoria no entendió ni una palabra de lo que dijo, pero experimentó una deliciosa sensación hormigueante de excitación al escuchar el timbre sexy de las palabras italianas. Por enésima vez se repitió que no podía dejarse llevar por esa situación si quería mantener intacto su corazón.

Vio como una mujer atractiva se unía a él en el escenario. Tenía el cabello largo y rubio y lucía un vestido que dejaba poco de su cuerpo perfecto a la imaginación.

Comprendió que ni siquiera una mujer de tanta hermosura tenía una mínima oportunidad de capturar el corazón de Antonio; a éste no le interesaba el compromiso, lo había dejado claro desde el principio. Probablemente, había sido la razón principal de que se hubiera casado con ella... porque no quería a nadie que se dejara llevar por el papel.

Los presentes estallaron en una aplauso estridente al tiempo que la mujer besaba a Antonio en ambas mejillas y bajaban del escenario. De inmediato él regresó junto a ella, pero fue un proceso lento, ya que la gente quería charlar con él. Al final, dejó todo atrás, subió los escalones y volvió a ocupar su silla.

Victoria sonrió y alzó la copa.

—Bueno, sonó bien, pero, ¿recibiré una traducción privada?

—Me gusta cómo suena esa sugerencia —hizo que se ruborizara y rió—. Casi hemos duplicado lo recaudado en la gala del año pasado. De modo que es una buena noche para el grupo de empresas participantes.

—¿Para qué es la gala?

—A favor de los niños con enfermedades terminales. Es una causa que me afecta mucho porque tuve una hermana menor, María, que murió de leucemia cuando sólo tenía seis años.

—No lo sabía. ¡Lo siento tanto! —lo miró apenada.

—Sucedió hace veinticuatro años —sonrió—. Han avanzado mucho en el tratamiento de la enfermedad. Creo que si hubiera sido hoy, se habría curado.

—Debió ser una época terrible.

—Sí, en especial para mi madre —serio, pareció perdido en sus pensamientos—. Aunque no tanto para mi padre. Él no tardó en encontrar consuelo en los brazos de otra mujer.

—El dolor afecta a las personas de maneras diferentes —musitó.

La miró y vio simpatía en sus ojos gentiles.

—No desperdicies tu compasión en él, Victoria. Créeme, no la merece.

—En realidad, sentía simpatía por ti —explicó.

—No lo hagas —frunció el ceño—. Fue hace mucho tiempo.

«Hace mucho tiempo, pero las heridas siguen abiertas», pensó.

—¿Has intentado hablar con tu padre acerca de lo que pasó?

Emitió una risa breve y fría.

—Mi padre no es la clase de hombre que habla de sus sentimientos —bebió un sorbo de champán—. Y, sí, el dolor afecta a las personas de maneras diferentes... algunas lo lamentan y otras se deshacen de sus familias —dejó la copa con gesto impaciente—. Cambiemos de tema, ¿te parece?

Asintió y pensó si ser testigo del fracaso del matrimonio de sus padres lo había impulsado a tomar la decisión de que no quería pasar por algo semejante.

—¿Quieres bailar? —preguntó de repente. Vio el titubeo en su expresión y, riendo, le ofreció la mano—. ¿Te asusta, Victoria? Vamos, te desafío a que bailes conmigo.

Tras unos segundos más de vacilación, posó la mano en la suya.

Pero nada más llegar a la pista, comprendió que había sido un error por el modo en que la pegó a él.

Estar en sus brazos era delicioso. La hacía sentir querida y protegida... Hacía que lo deseara con una añoranza tan honda que dolía.

Que se permitiera el lujo de soñar con que realmente

Antonio era su marido en todo el sentido de la palabra. Que era seguro sentir algo así. Bajar las defensas... *seguro amarlo*...

La idea hizo que se apartara conmocionada. ¡No quería empezar a imaginar esas cosas!

—Antonio, creo que ya he bailado bastante —manifestó.

Él frunció el ceño, pero antes de que pudiera decir otra cosa, Victoria había girado y abandonado la pista.

La alcanzó antes de que pudiera regresar a la mesa y la hizo girar.

—¿Qué sucede?

—Nada. Es que... no puedo bailar con estos tacones.

No la creyó. Algo en su voz y en sus ojos revelaban mucho más, pero no tuvo la oportunidad de seguir indagando, ya que algunos amigos que habían organizado el acontecimiento se acercaron para saludarlo.

Presentó a Victoria y descubrió que le gustaba ver las expresiones de sorpresa en ellos al decirles que era su esposa.

—¿Cómo has podido guardarnos semejante secreto?

Lo reprendieron y felicitaron en igual medida y Victoria recibió una cálida bienvenida. Pero eso puso fin a su velada a solas, porque a partir de ese instante todo el mundo quiso conocerla y hablar con ella. Y antes de darse cuenta, Antonio hablaba con un grupo y Victoria con otro.

Por el rabillo del ojo, él notó que le caía bien a todo el mundo. En particular a algunos de sus amigos solteros que estaban pendientes de cada palabra que pronunciaba con abierta admiración en la cara.

Se preguntó dónde estaba la mujer tímida que había conocido apenas una semana atrás. Parecía haberse transformado en una mujer joven, sofisticada, segura y hermosa ante sus propios ojos.

En cuanto pudo excusarse, fue a buscarla.

–¿Te lo pasas bien?

Ella le sonrió.

–La verdad es que sí. Todos tus amigos son muy agradables.

–Sí, aunque he de advertirte de que no puedes confiar en un par de mis amigos solteros –con la cabeza indicó a los dos hombres que le habían estado preguntando si quería bailar.

–Son seductores como tú, ¿verdad? –no pudo resistir la pregunta burlona.

–No, no son como yo –respondió con una sonrisa–. Porque ahora soy un hombre casado, ¿lo recuerdas?

–Ah, sí, y contando los días que quedan para recuperar la libertad –lo dijo como una broma, pero cuando se miraron, lamentó haberlo hecho, aunque se recordó que probablemente fuera cierto–. ¿Y cuántos días crees que serán?

La pregunta lo irritó.

–Tantos días y semanas como haga falta.

–De acuerdo... no me estoy quejando. Sólo... era curiosidad.

Lo miró con esos ojos verdes vulnerables y cautos al mismo tiempo y experimentó una emoción muy extraña.

–Vamos, creo que ya nos hemos quedado bastante. No sé tú, pero yo he tenido suficiente.

Victoria asintió.

Fue un alivio seguirlo del salón atestado al frescor de la noche.

Caminaron por las calles tranquilas casi sin hablar, y en esa ocasión Antonio no le rodeó la cintura con el brazo cuando cruzaron el puente en el que la había besado.

Llegaron al hotel y el portero nocturno les deseó buenas noches y se les adelantó para abrirles las puertas del ascensor.

Y entonces se quedaron solos en la suite.

Capítulo 11

TE APETECE una última copa? –se acercó al bar y sacó una frasca.

–No, gracias, iré a ver a Nathan y luego a acostarme –de repente recordó que todas sus cosas estaban en el dormitorio principal junto con las de Antonio. Y el sólo hecho de pensar en esa cama llena de pétalos de rosa hizo que se le encogiera el corazón–. ¡Ah, olvidé decírtelo! –intentó mantener la voz ligera–. Creo que podemos llegar a tener problemas con la distribución para dormir.

–¿Qué clase de problema? –la miró divertido.

–El personal ha dejado mis cosas con las tuyas en el dormitorio principal. Yo las habría sacado –se apresuró a indicarle–, pero no parece que haya otro dormitorio en la suite.

–Comprendo –comentó despreocupado.

Al ver que no decía nada más ni que le indicaba dónde quería que ella durmiera, añadió:

–De acuerdo... bueno, iré a ver cómo está Nathan.

Había esperado que al regresar él hubiera arreglado esa situación, pero no daba la impresión de que hubiera hecho nada. De hecho, bebía un whisky de espaldas a ella, de cara a la terraza.

–¿Cómo se encuentra Nathan? –giró cuando Victoria regresó.

–Bien, dormido.

–Estupendo.

Ella no pudo evitar que la vista se dirigiera hacia la puerta abierta del dormitorio principal.

Él interceptó el movimiento y ella se encogió por dentro.

—¿Has visto la habitación? El personal del hotel se ha confundido —le recordó con voz ronca.

—Mmmm —bebió un trago.

¿Era lo único que pensaba decir? La ira comenzó a crecer en su interior.

—Podrías llamar a recepción para preguntar si tienen otra habitación, ¿no? —replicó—. Tiene que haber un montón de habitaciones vacías en un hotel de este tamaño.

—Espero que no —dijo relajado—. Sería muy malo para el negocio.

—Bueno, sí... supongo que lo sería. Entonces... ¿qué piensas hacer?

—Interesante pregunta... ¿o ha sido una oferta? —inquirió con tono travieso.

—¡No! —se le encendieron las mejillas—. ¡Claro que no! Estás demasiado pagado de ti mismo, Antonio Cavelli.

—¿Sí? —pareció más divertido que nunca.

Ella intentó recomponerse.

—¡Sí, desde luego que lo estás! ¡Y... y deja que te diga que no querría dormir contigo ni... ni aunque mi vida dependiera de ello! —alzó el mentón con gesto de desafío.

—Vaya —dejó la copa con una sonrisa.

—¡Sí! —lo miró furiosa—. Y ahora me voy a la cama... sola... en el dormitorio principal.

—Oh, no estoy tan seguro de eso —la detuvo antes de que pudiera pasar junto a él.

—No, Antonio —susurró, entre agitada y dominada por un miedo súbito.

–¿No, qué? –le acarició la curva del mentón con suavidad.

–No juegues conmigo.

La súplica susurrada lo desgarró.

De pronto, la mujer segura de esa noche se había desvanecido y en su lugar volvía la joven vulnerable que había conocido al principio y que lo había mirado con ojos tan frágiles.

–No debería provocarte de esta manera... ¿verdad?

–No, bajo ningún concepto –ya no pudo mantener la furia–. No queremos complicar las cosas, Antonio. Y si termináramos juntos en la cama, sería un desastre completo.

–Desde luego –convino con los ojos clavados en los labios de ella–. Después de todo, no forma parte del trato.

–¡No! –la voz le tembló. El modo en que la miraba la sacudía de una forma extraña–. Y pronto cada uno seguirá su propio camino.

–Ése es el acuerdo... –el dedo había pasado a trazar la curva de su labio.

La caricia le provocó un escalofrío erótico y desesperada trató de apartarse de él, pero sus extremidades no quisieron obedecer.

–Será mucho mejor que nos mantengamos como amigos una vez que se acabe nuestro tiempo juntos –murmuró Victoria–. Además, el sexo está muy sobrevalorado.

Con eso consiguió toda su atención.

–Dime, ¿cuántos amantes has tenido, Victoria?

–¡No... es asunto tuyo! –de repente sintió la piel en llamas.

Pasó un dedo por la piel suave de su hombro y la sensación de ese contacto le pareció tan exquisita que hizo que todo el cuerpo le hormigueara de placer.

131

—¿Así que no te gusta nada el sexo?

¡En ese instante sentía que la sangre le hervía en las venas!

—He dicho que estaba sobrevalorado, nada más. Y no quiero mantener esta discusión, Antonio —murmuró, ansiosa por abandonar el tema.

—Quizá no te acostaste con el hombre adecuado... ¿has pensado en ello alguna vez? —continuó como si ella no hubiera hablado.

—Y tú eres muy taimado —replicó—. ¿Lo has pensado alguna vez?

Sonrió, despreocupado por la acusación.

—La cuestión es que tú representas todo un desafío, Victoria Cavelli —murmuró.

—¡Pues no es mi intención!

—No obstante, ahora siento mucha curiosidad.

—Desde luego, no deseo que la sientas —sus ojos lanzaron fuego.

—Pero no puedo evitarlo —sonrió—. Me has hecho pensar... —se inclinó y posó los labios en su hombro, lamiendo y probando con gentileza la piel de un modo que hizo que ella cerrara los ojos en un ataque de intensa añoranza—. Quizá necesitas al hombre adecuado y que lleve las cosas un poco más despacio contigo.

—No quiero llevar las cosas despacio ni de ninguna otra manera... —sentía que le costaba respirar.

—¿Qué me dices del modo en que me besaste antes?

—Ese beso fue un momento de locura. ¡Pensé que habíamos acordado que lo mejor era olvidarlo!

—¿Dijimos eso?

—Sí. Decididamente acordamos que no hablaríamos más del tema.

—Entonces, si no podemos hablarlo, tendré que volver a experimentarlo... porque no dejo de preguntarme si me estoy imaginando tu apasionada respuesta... y no me queda más alternativa que descubrir por mí mismo cuál es la verdad.

–¡No, Antonio! –abrió mucho los ojos–. Quiero decir...

El resto de la frase se perdió cuando él se inclinó y tomó posesión de sus labios. La sensación fue tan maravillosa como antes, y con desesperación ella intentó luchar contra las emociones que la embargaron, pero la boca de Antonio era dura, hambrienta y demandaba una reacción urgente.

Y antes de saber lo que hacía, le rodeó el cuello con los brazos y le devolvió el beso.

Él se apartó y Victoria alzó unos ojos velados para mirarlo. El beso había fragmentado sus pensamientos ya incoherentes.

–No creo que ésta sea una buena idea...

–Quizá los dos estamos pensando demasiado –de pronto la alzó en brazos–. Tal vez debamos explorar el tema con mucho más detalle.

–¡Antonio, bájame de inmediato!

No le prestó atención. Conmocionada, se vio obligada a aferrarse a él mientras la llevaba al dormitorio.

–Bájame –pidió otra vez, aunque ya sin un tono vehemente. Inquieta, descubrió que le gustaba que la sostuviera de esa manera, que la sensación lanzaba una corriente tan fuerte de deseo por todo su cuerpo que casi la dejaba sin aliento.

Intentó aferrarse a un último semblante de cordura.

–No es una buena idea.

–Yo creo que sí –con el pie, cerró la puerta del dormitorio–. Y ahora... ¿por dónde íbamos? –la bajó al suelo–. Creo que por aquí... –se inclinó y le besó el hombro antes de subir–. ¿No es verdad?

Ella tembló de placer y él sonrió.

–Sí, no cabe duda de que íbamos por aquí... –localizó

esa parte sensible de su cuello y comenzó a mordis-
quearla con suavidad al tiempo que la llenaba de besos.

Victoria jamás había experimentado algo tan placentero y se sintió impotente de protestar, porque cuanto
más la tocaba y la besaba, más lo deseaba. La acercó un
poco más y luego le soltó la parte superior del vestido
con dedos atrevidos y seguros.

—Imaginé esto toda la velada —murmuró mientras el
atuendo sedoso caía al suelo.

Ella lucía una ropa interior de encaje que resaltaba
sus curvas de forma provocativa.

—Realmente eres hermosa... —vio que cerraba los
ojos, como si quisiera saborear el momento—. No sé por
qué te has escondido detrás de toda esa ropa informe...
—le acarició el cuello suave y luego bajó la mano hasta
donde el encaje sostenía las curvas—. Cuando tienes un
cuerpo fabuloso.

Abrió los ojos al tiempo que él rozaba la parte superior de sus pechos por encima del sujetador. La torsión
sensual de necesidad se incrementó.

Luego bajó la mano y le cubrió los pechos, moldeán-
dolos con caricias firmes que prácticamente la volvieron loca de deseo. Se inclinó y volvió a besarle el cuello
y de pronto la tela tenue que le cubría los senos resultó
demasiada barrera. Quiso que se la quitara; anhelaba
sentir las manos de Antonio sobre su piel desnuda. Pero
él no lo hizo; simplemente, la acarició y le murmuró palabras suaves al oído mientras bajaba la mano sobre la
curva estrecha de su cintura, encima de la parte superior
de las braguitas.

—Tienes la figura de una mujer voluptuosa y quiero
que me prometas que nunca más volverás a esconderte.

—No me he escondido... —intentó negar esa acusación
mientras la recorría un deseo aún más profundo cuando
sus dedos bajaron sobre las braguitas.

–Sí, lo has hecho... ¡y quiero saber qué idiota te ha impulsado a actuar así!

Ella rió al oír su gruñido.

–Deberías estar orgullosa de tu cuerpo... –le aferró las caderas y luego deslizó las manos por debajo de sus braguitas y le acarició el estómago antes de descender hacia su núcleo sensible–. Ahora dime que me deseas y acabemos de una vez con el fingimiento, ¿mmm?

Pronunció las palabras con segura arrogancia y ella luchó para no responderle, pero la acariciaba de un modo tan provocativo que la intensidad fiera del deseo palpitó por todo su cuerpo.

–¡Te deseo! –jadeó.

La besó hambriento al tiempo que sus dedos tanteaban con más firmeza y profundidad.

Durante un momento, Victoria sólo fue capaz de pensar en las exigentes necesidades de su cuerpo. Jamás había sido así con Lee... El pensamiento se entrometió en el momento y se retiró un poco.

–¿Qué sucede? –preguntó Antonio, viendo las sombras en sus ojos.

–Estoy un poco asustada –reconoció, derrumbadas sus barreras–. Carezco de experiencia, Antonio. Sé que suena estúpido... tengo un hijo, pero... –calló al recordar el pasado–. Salí con un hombre una vez, durante varios meses, pero no nos acostamos de inmediato... nunca parecía el momento idóneo. Y cuando al final lo hice... fue horrible –se le quebró la voz–. Él se enfadó al comprobar que yo era virgen, dijo que le gustaba que sus mujeres tuvieran más experiencia, y entonces me tomó sin ninguna consideración y se acabó... –vio que los ojos de él se enturbiaban por la furia–. Sé que estarás acostumbrado a mujeres que saben cómo complacerte, pero...

La silenció con un dedo en los labios.

–Tú me satisfaces, con cada beso, con cada mirada y cada palabra –le acarició el cabello, odiando pensar en lo que había pasado aquella noche y más adelante, sola y embarazada. No le extrañó que se sintiera tan asustada. Volvió a besarla y en esa ocasión con labios suaves. Y durante largo rato la abrazó. Luego alzó las manos y le soltó el sujetador–. Yo te enseñaré las maneras de amar, Victoria.

Dominado por la pasión, habló mezclando el italiano y el inglés al tiempo que la acariciaba y hacía que ella palpitara de placer.

La alzó y la depositó en la cama y Victoria lo observó mientras se desprendía de la ropa.

Tenía un cuerpo fabuloso, fibroso y poderosamente musculoso.

Apartó la vista cuando la descubrió mirando y él rió.

–No debes ser tímida conmigo, Victoria. No está permitido –se unió a ella en la cama–. Quiero que me digas exactamente qué deseas, o si algo no te gusta, y encontraremos el camino hacia una unión perfecta...

Al hablar, no dejó de mirarle los pechos, admirando la forma erguida y perfecta. Los acarició y llegó hasta las cumbres endurecidas de los pezones. Ella jadeó de gozo cuando la calidez de la boca de Antonio pareció impregnarle todo el cuerpo; estiró los brazos y le recorrió la espalda con los dedos, inclinando la cabeza para enterrar la cara en ese pelo tupido, inhalando la frescura del champú que usaba...

Volvió a tumbarla en la cama y se puso a horcajadas sobre ella, acariciándola mientras deslizaba los labios por su estómago y las manos la acariciaban aún más abajo.

Le quitó las braguitas con impaciencia y Victoria lo ayudó.

Luego posó la mano entre sus muslos y le separó las

piernas para bajar la boca y besarla juguetonamente sobre el vientre, luego más abajo... y más abajo...

El anhelo en su interior se convirtió en un rugiente torrente de necesidad.

—Te deseo, Antonio... te necesito ahora... —¿era su voz ronca la que suplicaba?

Él se incorporó y la miró. Tenía el cabello suelto alrededor de los hombros; el rostro acalorado, los labios hinchados por los besos.

Le coronó un pecho y Victoria se arqueó como una gata, invitándolo a acariciarla más.

Pensó que nunca había visto una mujer más hermosa, viva, cálida y apasionada. La acarició un poco más.

Victoria no supo cómo podía haber perdido el control de esa manera. Intentó convencerse de que no debería entregarse de ese modo, cuando él no la amaba. ¿Dónde estaba su orgullo? *¡Se había prometido que no haría algo así!*

Pero era débil... Lo deseaba... Lo amaba.

Las palabras la sacudieron. Aunque no fue una conmoción real. En lo más hondo de su ser siempre había sabido lo que sentía, lo había sabido nada más verlo. Era lo que tanto la asustaba...

—Te necesito, Antonio... —susurró—. ¡Te necesito ahora!

La situó exactamente donde la quería, acariciándola, besándola, experimentando una jubilosa sensación de triunfo al darse cuenta de que Victoria era suya para hacer con ella lo que quisiera.

Al despertar, Antonio seguía durmiendo a su lado. Amanecía y la noche pasada juntos había sido la noche más maravillosa que alguna vez había vivido y no la lamentaba. Nunca la lamentaría... sin importar lo que sucediera a partir de ese momento. Porque le había mostrado lo verdaderamente asombroso que podía ser hacer el amor. Se había mostrado apasionado y cariñoso y se había cerciorado de protegerla del embarazo poniéndose un preservativo. Toda la experiencia había sido... perfecta.

A regañadientes, dejó de mirarlo y se dio la vuelta en busca del vestido.

–¿Adónde vas? –preguntó él con tono somnoliento.

–Nathan está a punto de despertar y querrá desayunar –lo miró otra vez con timidez y sintió que se ruborizaba cuando él inspeccionó su desnudez.

–De acuerdo... supongo que, en ese caso, te dejaré ir –sonrió adormilado–. Pero te advierto de que te querré de vuelta un rato después... mi apetito necesita mucho más para quedar satisfecho –rió al ver que el rubor se acentuaba. Luego, cuando fue a ponerse el vestido, le rodeó la cintura con un brazo y la acercó contra él–. Te olvidas de una cosa...

–¿Sí? –miró a su alrededor–. ¿Qué?

–Esto –se inclinó y la besó de forma prolongada y seductora que la derritió por completo–. Mi beso mañanero –dijo, soltándola–. Me gustaría otro a media mañana y un par más por la tarde.

–Se podría arreglar –sonrió.

–Bien, ahora ve a ocuparte de Nathan –se reclinó sobre la almohada–. Oh, y échale un vistazo al menú para llamar para pedir el desayuno.

–¿Qué te apetecería?

–¡Cualquier cosa, estoy famélico!

Al quedarse solo, permaneció un momento en la cama y luego fue a darse una ducha.

Se dijo que no tenía sentido analizar lo que había pasado. Habían compartido sexo y había sido muy agradable.

Una vez duchado y vestido, fue a la suite.

Reinaba una mañana soleada y Victoria se hallaba en la terraza. Le daba de comer a Nathan, sentado a su lado en una sillita alta.

Los observó sin ser visto. Ella estaba radiante, con el cabello cayendo sobre el azul de su bata y concentrada en su hijo.

Nathan movía las piernecitas con impaciencia e intentaba arrebatarle la cuchara de la mano.

Cuando salió, ella lo miró distraída. Se lo veía muy elegante con el traje oscuro y la camisa blanca abierta al cuello. ¿De verdad ese italiano atractivo le había hecho el amor una y otra vez mientras le decía lo hermosa que era? Los recuerdos le convirtieron el interior en gelatina. No parecía real... era como si se hallara en un sueño.

—Déjame a mí —se inclinó y le quitó la cuchara de la mano—. Nathan, come un poco como un buen chico... y luego te llevaremos a la feria.

El pequeño lo miró con los ojos muy abiertos.

—Sí eres bueno, podrás conducir un tren o un cochecito.

—¡Eso es un soborno! —Victoria movió la cabeza.

—Puede, pero funciona —rió cuando el niño abrió la boca y aceptó la comida—. Buen chico —le sonrió a ella—. ¿Por qué no vas a vestirte mientras yo me encargo de esto —musitó.

—¿Estás seguro? —frunció el ceño—. Sarah se ha ido de compras.

—Sí, le he dado el día libre. Así que date prisa. Cuanto antes estés lista, antes saldremos.

—¿Adónde vamos?

Él movió la cabeza.

—Te lo acabo de decir... a la feria.

—¡Oh! Pensé que sólo era... una excusa.

—Rara vez digo cosas que no pienso hacer —enarcó una ceja—. Así que será mejor que vayas a cambiarte.

Ella asintió y se levantó despacio de la mesa.

—¿O sea que... hoy no trabajas?

—No, es mi día libre.

—Oh.

—Como digas *oh* una vez más, voy a tirarte parte de este puré.

—Por favor, no. Ésa es la vocación de Nathan —sonriendo, se levantó y besó a su hijo en la frente—. Sé un buen chico... no tardaré.

Capítulo 12

VICTORIA estaba en el jardín con Nathan. Los dos habían disfrutado del almuerzo bajo el limonero y en ese momento su hijo chapoteaba en la pequeña piscina que le había comprado Antonio.

Miró su reloj de pulsera. Eran casi las dos. Con júbilo pensó que él no tardaría en llegar.

En esas últimas semanas desde su viaje a Venecia, entre ellos se había establecido una rutina deliciosa.

Como Antonio no estaba muy ocupado en la oficina, habían podido pasar bastante tiempo juntos. Se había puesto al día con todo el papeleo y la situación se había tranquilizado, haciendo que llegara cada vez antes a casa.

A veces lo hacía cuando Nathan dormía y se aprovechaban de esa situación para disfrutar también ellos de una siesta.

Otras los llevaba a hacer turismo. El día anterior habían ido a Malcesine, un pueblo mágico situado a orillas del Lago Garda.

Victoria no creía haber sido más feliz alguna vez.

Y a Nathan le sucedía lo mismo. Es que había llegado a adorar a Antonio hasta el punto de parecer venerarlo como si fuera su héroe.

Oyó el clic de una puerta cuando alguien rodeó la parte frontal de la casa y alzó la vista con la esperanza de que fuera él.

Pero no fue así. Ante ella había un caballero mayor con un traje ligero.

–Buscaba a Antonio –murmuró con un inglés de acento muy marcado.

Aturdida, se dio cuenta de que se trataba del padre de Antonio y la invadieron los recuerdos de aquella terrible noche cuando había ido a su casa.

Se puso de pie con celeridad.

–Aún no ha llegado.

Luc Cavelli notó lo distinta que se la veía. Aún había un aire de cautela en su expresión, pero su aspecto general era relajado y su ropa estival femenina y de su talla. Llevaba el cabello suelto y unas elegantes y modernas gafas de sol que le sentaban de maravilla. No le extrañó que todos los que la habían visto en público con su hijo le hubieran dicho que era hermosa.

–Tu hijo parece estar disfrutando –comentó con una sonrisa.

–Sí.

Reinó un momento de silencio incómodo. Victoria no sabía qué decir.

–Bueno, lamento haberte sobresaltado –él asintió con cortesía y se volvió para marcharse–. Dile a Antonio que he venido, por favor.

–No debería tardar mucho en aparecer –dijo ella en un impulso–. ¿Quiere sentarse y esperarlo?

Despacio, el hombre giró y la miró.

Al principio pensó que no aceptaría, pero luego inclinó la cabeza.

–Sería estupendo. Hoy hace calor, y ya no lo soporto tan bien.

Al acercarse y sentarse a la mesa, Victoria notó que parecía cansado.

–¿Le apetece algo fresco, *signor* Cavelli? En la nevera hay zumo de naranja recién exprimido.

Él sonrió.

–Eres muy amable.

–Muy bien. ¿Le importaría vigilar unos momentos a Nathan por mí? –cuando regresó un rato más tarde con una bandeja con refrescos y algunas pastas, descubrió que su hijo había salido del agua y le mostraba al padre de Antonio su colección de juguetes hinchables... un flotador de caucho, una enorme pelota roja, un pato amarillo–. ¡Oh, no, Nathan! ¡Están mojados! –con rapidez dejó la bandeja en la mesa, aunque ya era demasiado tarde. El pequeño depositaba con firmeza la goteante pelota roja sobre la rodilla del hombre.

–¡No pasa nada! De verdad –Luc rió cuando ella se apresuró a quitársela–. Un poco de agua se secará rápidamente con este calor.

–Ven a tomar una pasta, Nathan, y no molestes al *signor* Cavelli.

–Llámame Luc, por favor, y trátame de tú –el hombre aceptó el vaso que ella le había servido y luego vio como el niño se acomodaba en su rodilla–. Creo que serás tú quien quedará empapada –comentó.

Sonrió al bajar la vista a su falda blanca y su blusa de manga corta.

–De todos modos, ya me había salpicado mucho.

Luc notó los ojos oscuros del niño y lo dorada que tenía la piel.

–Es muy guapo –dijo pasado un momento.

–Sí, eso creo, aunque yo no soy imparcial.

–Se parece un poco a Antonio –reflexionó de pronto–. ¿Es hijo de mi hijo? –la miró a los ojos.

–No –respondió, sintiendo que se ruborizaba–. No, no lo es.

–Lo siento, no debería haber preguntado. ¡Ha sido una necedad por mi parte! Antonio me indicó con absoluta claridad que no era suyo cuando te llevó a mi casa –se encogió de hombros–. Es que existe un parecido.

–Los mismos ojos y pelo oscuros, eso es todo –alzó el plato con pastas y le ofreció una. Pero él negó con la cabeza.

–Tengo que disculparme contigo por mi comportamiento grosero de aquella noche.

–Creo que lo mejor es olvidarlo –le lanzó una mirada nerviosa. Ella, desde luego, no quería pensar en aquello. De hecho, quería cerrar todo ese capítulo de su vida y, simplemente, empezar sus recuerdos en Italia con Antonio en la gala en Venecia.

–Bueno, es más de lo que merezco –le sonrió–. Estaba tan enfadado. Le había prometido a Antonio que le daría mis acciones de la empresa si se casaba y tenía un hijo. Quería dar a entender que deseaba que fuera su propio hijo, con el fin de asegurar la descendencia Cavelli. Pero no lo expresé de esa manera en mi correspondencia.

Las palabras cayeron en el calor del día como las esquirlas de una bomba.

–De modo que Antonio nos tuvo a nosotros –musitó a medida que las últimas piezas de esa charada encajaban.

Recordó las palabras de él cuando le dijo que la quería por esposa.

«Necesito una familia ya formada para un periodo de tiempo breve, sin ataduras ni complicaciones».

Se pasó una mano trémula por el cabello, tratando de desterrar el recuerdo. No quería rememorar las palabras de él. Llevaba semanas tratando de eliminar de su cabeza los hechos.

–No debería haber proyectado mi irritación sobre ti –susurró Luc–. Pero cuando Antonio me dijo que jamás tendría su propio hijo y que nunca debería presionarlo para establecer esa clase de compromiso, me quedé... lívido.

–Comprendo –no quería hacerlo; quería taparse los oídos y bloquear la verdad. Pero sabía que eso sería una estupidez... tal como lo había sido intentar bloquear la verdad sobre su matrimonio durante esas últimas semanas. Se había sugestionado para caer en una falsa sensación de seguridad.

–Bueno... así es la vida –volvió a mirar a Nathan–. Tengo a un montón de abogados irritados conmigo por no haberles consultado al respecto antes de dar este paso, pero, para ser sincero, no quería hacerlo.

–La verdad es que a veces los abogados pueden empeorar las cosas –murmuró Victoria–. Creo que Antonio y tú estaríais mejor si hablarais sinceramente el uno con el otro.

–Palabras sabias. Pero, por desgracia, hemos estado distanciados demasiado tiempo, y todo por mi culpa, lo reconozco –Luc movió la cabeza–. Pero cuando le dije que quería que sentara la cabeza y tuviera una familia, lo decía con la mano en el corazón. Me hago viejo... y... bueno, Antonio no lo sabe, pero no estoy bien de salud. Ese tipo de cosas hacen que te replantees tu vida y las cosas que son importantes. Me he estado analizando con dureza y, francamente, no me ha gustado nada lo que he visto.

–Deberías contarle eso mismo a Antonio –aconsejó ella.

–Ya es demasiado tarde. No debería haberlo forzado a obrar en contra de sus deseos. Siempre he sido igual... he hecho cosas que me beneficiaran a mí sin pensar en nada más. Puedo ser demasiado obsesivo y determinado.

–Da la impresión de que os parecéis demasiado –murmuró, logrando que Luc soltara un gruñido que se convirtió en una carcajada.

–¡No se lo digas! A mi hijo no lo asusta nada en la

vida... salvo parecerse a mí –movió la cabeza–. Y no puedo decir que lo culpe.

–Insisto en que deberías intentar hablar con él –comentó pasado un momento, al recordar la tristeza que había caído en sus vidas–. La gente comete errores.

El hombre suspiró.

–Bueno, he venido a comunicarle que he transferido todas las acciones a su nombre. Lo hice esta mañana.

Victoria se quedó muda. Si Antonio conseguía las acciones, eso significaba que ya no la necesitaba allí. Había sido absolutamente sincero al respecto desde el principio.

Luc frunció el ceño.

–¿Estás bien? Se te ve pálida.

Asintió y se afanó en recobrarse.

Dio la impresión de que Luc quería decir algo más, pero el sonido de la verja al abrirse hizo que ambos giraran.

Era Antonio y se odió porque con su simple visión pudiera desbocarle el corazón de esa manera.

Notó la expresión de sorpresa al ver a su padre sentado a la mesa... sorpresa e irritación. Pero antes de que pudiera hablar, Nathan había salido de la piscina y corría hacia él con un grito alborozado.

Sin prestarle atención al hecho de que su traje se mojaría, lo alzó en brazos.

Los observó consternada y se dijo que no debería haber dejado que Nathan se apegara tanto a Antonio... y «tampoco yo».

–¿Qué pasa aquí? –preguntó él con voz seca, mirando a su padre.

–Tu padre ha venido a presentar sus disculpas por... la otra noche, y a hablar contigo –se puso de pie y con una sonrisa hacia Luc Cavelli, fue a recoger a su hijo de los brazos de Antonio.

Nathan lloró todo el trayecto hasta su habitación, y Victoria sintió ganas de hacer lo mismo.

Era hora de irse a casa. Debía mostrarse práctica en ese momento.

El nuevo restaurante estaba terminado. La inauguración había quedado establecida para la semana siguiente.

—Nathan, por favor, deja de llorar —le dijo mientras le quitaba el bañador mojado.

Miró por la ventana hacia el jardín. Antonio no se había sentado. Su lenguaje corporal era beligerante.

Esperó que al menos escuchara a su padre. Necesitaban trazar una línea con el pasado antes de que fuera demasiado tarde.

Bañó y cambió a Nathan y, agotado como estaba, no tardó en quedarse dormido en cuanto lo acostó para su siesta.

Luego fue a la habitación de Antonio y encendió el ordenador.

No supo lo que hacía hasta que se encontró mirando vuelos a Australia. Quedaba uno para esa tarde a las ocho y media, pero tendría que ser vía Roma.

No pudo seguir mirando el itinerario porque los ojos se le llenaron de lágrimas. ¡No quería irse! Se los frotó al tiempo que intentaba recuperar el control de sus pensamientos.

La puerta del dormitorio se abrió de repente y entró Antonio.

Con rapidez, ella apretó la tecla de «sleep» del ordenador para que se apagara la pantalla y se puso de pie.

—¿Se ha ido ya tu padre?

—Me alegra decir que sí.

Lo observó dejar la chaqueta sobre la cama y deshacer el nudo de la corbata.

Con intensidad se dijo que ningún hombre tenía derecho a ser tan apuesto. Deseó no sentir esa atracción, que su cuerpo dejara de traicionarla. Necesitaba mostrarse sensata.

—¿Cómo ha ido todo? —musitó.

La miró con curiosidad.

—Como casi siempre con él. Habló en acertijos.

—Cuando habló conmigo fue perfectamente claro. Y creo que no se encuentra muy bien.

—¿Por qué, qué le sucede? —la miró fijamente.

—No lo sé, no lo dijo.

Él movió la cabeza.

—Su especialidad son los juegos, Victoria. Siempre ha sido así... no te dejes engañar.

—O sea que cuando me habló del acuerdo que redactó para darte sus acciones de la empresa si te casabas y tenías un hijo, ¿mentía?

Dejó de desabotonarse la camisa.

—¿Te habló de eso? —ella asintió—. ¡No tenía derecho a hacerlo! —sonó muy enfadado de pronto.

—¿Por qué? ¿Porque no es verdad?

—Es verdad...

—Oh, es porque consideras que no es asunto mío, ¿cierto? —cortó airada, recordando que una vez se lo había dicho.

—No. ¡No debería habértelo dicho porque no le correspondía a él hacerlo! —la miró con ojos entrecerrados—. Como acabo de decirte, es un experto en los juegos, intenta causar problemas, obligar a la gente a inclinarse hacia su manera de pensar.

Ella se encogió de hombros.

—Bueno, fuera cual fuere su intención, ya tienes tus preciadas acciones, así que supongo que eso es lo único que cuenta.

Antonio se preguntó si era eso todo lo que importaba. Cuando ideó el plan, desde luego lo había creído.

Pero de repente sentía como si se hallara en territorio desconocido, y la sensación no le gustaba nada.

–He estado mirando vuelos a Australia por Internet –prosiguió ella.

–¡No has perdido el tiempo!

–Bueno, ¿qué esperabas que hiciera? Ahora que tienes lo que quieres, nuestro acuerdo comercial ha llegado a su fin... ¿no?

Antonio meditó la respuesta unos momentos.

–Supongo que sí –contestó despacio.

La contestación dolió. Pero, de algún modo, mantuvo la cabeza erguida, su dignidad.

–He encontrado un vuelo que sale a las ocho y media de hoy –tragó saliva, queriendo que él le pidiera que no se fuera, que se diera cuenta de que no podía vivir sin ella y que ansiaba que la relación saliera bien.

–¿Esta noche?

Pareció conmocionado y Victoria experimentó un aguijonazo de esperanza.

–Sí. Es el primero que he podido localizar y parte vía Roma.

–No creo que sea una buena idea –aseveró–. Además, no tienes que irte con tanta precipitación.

–¿No? –lo miró a los ojos–. ¿Hay alguna razón para ello?

Era lo más cerca que podía llegar para averiguar qué sentía por ella sin pronunciar abiertamente las palabras.

La pregunta pareció arder entre ellos.

–Las cosas funcionan bien tal como están –Antonio se encogió de hombros–. Creo que podríamos dejar que la situación prosiguiera así durante un tiempo.

«¿Es lo mejor que se le ocurre?», pensó indignada. Pues ella creía merecer mucho más que eso.

–No creo que sea una buena idea, Antonio –la voz le tembló–. La próxima semana se inaugura mi restaurante y me gustaría estar allí –fue a darse la vuelta para irse, pero él la sujetó por la muñeca y la acercó.

–El personal puede ocuparse de eso. No necesitas estar allí.

El contacto de su mano hizo que le dolieran los sentidos. Quería perderse en sus brazos. Quería decirle: «Sí, me quedaré aquí contigo».

–¿Lo hemos estado pasando bien, ¿no? ¿Por qué ponerle este final tan brusco? –preguntó él con voz ronca.

Se contemplaron. Sería tan fácil coincidir.

Pero entonces recordó a Nathan y el modo en que lo había mirado y corrido a sus brazos. Cuanto más tiempo permaneciera allí, más apego sentiría el pequeño hacia Antonio. No sería justo. Debía anteponer el bienestar de Nathan. Todavía era pequeño y olvidaría a Antonio con relativa facilidad. Luego sería más duro.

–Sí, lo hemos pasado bien –convino con intensidad–. Pero pasarlo bien no es suficiente para mí, Antonio. Tengo un hijo... necesito pensar con sensatez hacia dónde vamos... por el bien de los dos.

Él frunció el ceño y le soltó la muñeca.

–Sabes que no puedo hacerte promesas, Victoria...

–Lo sé –desvió la vista y contuvo las lágrimas que querían aflorar–. Y yo tengo que irme a casa, Antonio.

Capítulo 13

LA NOCHE de la inauguración estaba siendo un éxito, lo que le permitió salir por la puerta lateral y subir a la terraza de su apartamento.

Era un alivio hallarse en la calidez del aire nocturno. Durante un momento contempló su restaurante desde esa altura. El cuarteto que había contratado para esa noche tocaba a Puccini y tuvo el súbito recuerdo de aquella noche en Venecia cuando Antonio la había besado.

Las luces distantes del puerto de Sídney centellearon y se tornaron borrosas contra la oscuridad aterciopelada del cielo. Parpadeó con furia. No iba a llorar; él no valía sus lágrimas... aparte de que si lo hacía perdería las lentillas.

Respiró hondo el aire fragante y recobró el control.

Debería sentirse feliz por el éxito que estaba obteniendo; ya era una mujer independiente y pensaba devolverle el dinero que le había prestado para ponerse en marcha. Se lo pagaría con intereses porque no deseaba estar en deuda con él.

A partir de ese momento iba a poder dirigir su propia vida con eficacia. Nathan y ella no necesitaban a Antonio Cavelli.

No iba a recordarlo con pensamientos sentimentales; mantendría el enfado. Él era frío y carente de emociones. Creía que todo se podía solucionar con dinero.

Le había enviado un hermoso ramo de flores, con una tarjeta que ponía: *Esta noche pienso en ti. Buena suerte. Antonio.*

Recordarlo la enfureció más.

Era un hombre arrogante, condescendiente... ¡odioso!

En un arranque de malhumor, lo había tirado. ¡Podía quedarse con sus malditas flores!

Se dio la vuelta y entró en el apartamento. Margaret, su niñera, veía la televisión en el salón diáfano.

–¿Va todo bien? –se sobresaltó al verla entrar.

–Sí, relájate. Sólo me he tomado un pequeño descanso y he pensado en ver cómo estaba Nathan.

–Duerme como un lirón.

–Me asomaré de todos modos.

Los únicos momentos en los que se sentía feliz esos días era cuando estaba con su hijo.

Incluso él había echado de menos a Antonio. El día anterior lo había llevado al parque a tomar un helado, y Nathan la había mirado y pronunciado el nombre de Antonio. Pero no pudo decirlo bien y había salido algo parecido a *Anio*.

–*Anio* no está aquí, cariño –le había respondido con suavidad–. Está en su casa de Italia.

Nathan se había mostrado inquieto... y eso la había desgarrado aún más.

Pero le había demostrado que había hecho lo correcto al regresar. Cuanto más se quedara con Antonio, más dura habría sido la separación.

Le dio un beso en la frente y se dijo que era hora de volver al trabajo.

Al bajar, era tarde y apenas quedaban unos comensales en el restaurante.

Dejó que Emma, su recepcionista, se marchara a casa y ocupó el puesto ella.

Calculó que el local se quedaría vacío aproximadamente en media hora. En ese momento se abrió la puerta de entrada.

–Lo siento, estamos cerrados –anunció con pesar antes de alzar la vista.

Y entonces pensó que soñaba.

Ante sí tenía a Antonio. Mostraba el mismo aspecto de siempre, demasiado atractivo para poder describirlo con palabras, pero, de algún modo, estaba diferente.

–Hola, Victoria.

–¿Qué diablos haces aquí? –susurró mientras palidecía.

–No son unas palabras muy acogedoras –la reprendió con una media sonrisa–. Seguro que puedes hacerlo mejor.

Su estilo seguía siendo de una seguridad arrogante... pero había algo diferente en la oscuridad de sus ojos.

–No lo creo –respondió con rigidez. Pero el instinto le decía que olvidara su orgullo y se arrojara a sus brazos. Sin embargo, no podía. La había herido demasiado y no podía volver a pasar por eso–. ¿Estás de paso en la ciudad por asuntos de negocios?

Él asintió.

–Sí, negocios muy importantes.

–Contigo siempre lo son, ¿no? –apartó la vista de él y fingió que seguía con su trabajo. Pero la realidad era que sólo podía concentrarse en Antonio.

–Encontré esto y necesitaba devolverlo –colocó sobre la mesa un pequeño coche rojo de juguete. Era el coche predilecto de Nathan, del que nunca se había separado –lo miró sorprendida–. Lo encontré en el salón después de que os marcharais y su simple visión me afectó de forma rara.

–¿A qué te refieres? –el corazón comenzó a latirle de forma irregular.

–Que... me hizo sentir como si alguien me hubiera arrancado las entrañas –durante un segundo sonó enfadado–. ¿Te ha resultado bastante claro ahora? Digo que mi casa está insoportablemente silenciosa, que mi vida resulta indeciblemente solitaria. Y que quiero que Nathan y tú volváis a casa.

–¿Echas de menos a Nathan? –preguntó atónita.

–Sólo cada minuto del día –se encogió de hombros–. Es gracioso, ¿no? Yo nunca quise hijos y me consideré muy listo al casarme contigo. ¡Y mira lo que me has hecho! –impaciente, se pasó una mano por el pelo–. ¡Has vuelto mi vida del revés! Solía ser feliz trabajando largas horas... y ahora no soy feliz nunca.

No pudo responderle, ya que la mente le daba vueltas confusa.

Berni, el chef, se acercó a la mesa y los miró desconcertado. Se observaban en silencio.

–¿Va todo bien? –ninguno contestó–. Victoria, ¿quieres que cierre yo para que puedas ir a hablar tranquilamente con el *signor* Cavelli?

Ella negó insegura con la cabeza, pero fue Antonio quien respondió.

–Gracias, sería de agradecer.

–Antonio, yo... –pero no pudo seguir, ya que él se acercó con una expresión determinada en la cara.

–Necesitamos hablar –le tomó la mano.

El contacto de su piel invocó tantos recuerdos... de caricias, de besos. De largas y ardientes noches de placer entre las sábanas de satén.

Con presteza se soltó de él, tratando de cancelar esos pensamientos. Pero emprendió la marcha hacia su piso.

Él tenía razón; necesitaban hablar.

–¿Cómo está Nathan? –preguntó Antonio mientras cruzaban la terraza hacia los ventanales.

–Bien –se encogió de hombros–. Dormido –no le dijo que su hijo también lo había echado de menos. Debía ir con cuidado. ¿Cómo sabía que hablaba con sinceridad o que no se trataba de una emoción fugaz? ¿Y si en unos meses volvía a cambiar de parecer y ya no los quería con él?

Además, no había mencionado lo que sentía por ella.

No le había dicho que la echaba de menos, jamás le había dicho que la amaba.

Pero era evidente que no la amaba... de lo contrario, no habría podido dejar que se marchara.

Se ocupó de Margarita mientras Antonio estudiaba la casa.

–¿Quieres que venga mañana por la noche a la misma hora? –preguntó la mujer, mirando con curiosidad al atractivo italiano.

–Sí, por favor –la acompañó hasta la puerta de entrada. Al regresar al salón, estaba vacío.

Encontró a Antonio en la habitación de Nathan. Depositaba el coche junto al pequeño sobre el colchón.

–Para que lo vea al despertar –le indicó a ella al mirarla.

Victoria asintió.

Durante un momento se quedaron el uno junto al otro, contemplando al niño dormido, luego él se volvió y miró las curvas perfectas del cuerpo de ella en ese atractivo vestido azul y el nuevo corte de cabello en capas que tan bien le sentaba a sus facciones clásicas.

–Tu pelo se ve fantástico –alabó–. Pero me alegro de que no te lo cortaras demasiado.

–Creía que no te gustaba suelto –sintió una súbita timidez. Enfadada, se preguntó cómo podía hacer que siempre experimentara lo mismo.

–Oh, me gustaba... ése era el problema. Me gustaba demasiado –añadió con voz ronca–. Me gustaba tu estilo recatado e incluso tu condenada obstinación.

–No soy recatada –lo vio sonreír.

–Debí saber que me había metido en problemas la primera vez que me miraste de esa manera –le tocó el mentón, luego le acarició la mejilla. Tenía la vista clavada en sus labios.

–No, Antonio –se apartó de él.

–Quiero que Nathan y tú volváis a casa conmigo, Victoria, y... –calló de repente al observar su mano izquierda–. ¡No llevas el anillo de casada!

–No le vi sentido –la voz le tembló–. Nuestro matrimonio fue un acuerdo pactado, y tú dijiste que se había terminado.

Él musitó algo en italiano.

–No debí dejar que te marcharas, Victoria. Fue un gran error.

–No... ¡fue lo que sentías!

–Luchaba contra mis sentimientos, intentaba fingir que tenía el control. No quería enamorarme de ti –se acercó a ella–. Pero lo hice... Y lo siento, pero no puedo dejar que te marches sin oponer resistencia. He roto el contrato que firmamos. *Eres mi esposa, Victoria... eres mía.* ¡Y te quiero de vuelta! –volvió a mirarle los labios–. Te deseo ahora.

El cuerpo le hormigueó con fuego cuando la acercó y le aplastó los labios contra la boca. El beso estuvo lleno de una necesidad brutal.

–Te deseo de un modo en que juré que no volvería a desear a nadie... con una necesidad profunda que llena hasta el último resquicio de mi ser.

Lo miró desconcertada mientras Antonio se apartaba un poco.

–Sé que te obligué a este matrimonio, Victoria –soltó con aspereza–. Sé que probablemente nunca puedes sentir lo mismo por mí. Y he intentado mantenerme alejado... dejar que siguieras con tu vida y disfrutaras de la inauguración de tu restaurante... ¡pero no lo soporto! No puedo vivir sin ti. Te quiero en mi cama. Quiero tener más hijos contigo. Quiero pasar el resto de mis días contigo. Por favor, sé mi esposa.

Ella se tragó las lágrimas que quisieron brotar de sus ojos.

–No puedo creer que me estés diciendo estas cosas –susurró–. Porque quiero ser tu esposa. Quiero pasar mis noches y mis días contigo. Quiero tener hijos contigo. Te amo con todo mi corazón, Antonio. Creo que te amo desde el momento en que te vi.

Pudo ver que la furia y la sombría luz de la determinación se convertían en un hondo júbilo.

Maravillada, pensó que realmente la amaba. ¡Ese hombre atractivo y magnífico estaba loco por ella!

–Te amo, Victoria Cavelli. Y quiero pasar el resto de mi vida contigo.

Pronunció las palabras con tal sinceridad, que le desgarró el corazón. Y le sonrió con ojos brillantes por lágrimas de felicidad.

–Espera hasta que tu padre oiga que quieres sentar la cabeza –bromeó.

–Le dije que iba a llevarte a casa.

–Sabes que no puedo abandonar mi restaurante y a la gente que trabaja conmigo... significan mucho para mí.

–Nos aseguraremos de que el restaurante sea bien llevado. Asciende a ese chef... ¿cómo se llama?

–Berni... –él asintió–. Siempre has sido muy mandón –volvió a sonreírle. Pero sabía que iría a Italia con él, sabía que su lugar ya estaba allí–. ¡Al menos hablas otra vez con tu padre!

–Sí, gracias a ti –le sonrió–. Os considera a ti a Nathan fantásticos... y es lo único en lo que hemos coincidido en años. ¿Crees que podrás olvidarte de mi padre y de este restaurante y continuar donde lo dejamos?

No esperó su respuesta. La alzó en vilo y la llevó al dormitorio.

Y ya nada importó salvo el hecho de que se habían encontrado el uno al otro.

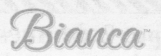

Poseída por la pasión…. en la cama matrimonial

El tango era un baile ar-
gentino de posesión y pa-
sión… y el magnate Rafael
Romero quería que su matrimonio de conveniencia con
Isobel se ajustara a los cáno-
nes de ese baile. Primero, iba
a casarse con ella; después,
la llevaría a la cama matrimonial para hacerla suya.

Isobel no tenía elección,
debía casarse con Rafael. Sin
embargo, su intención era
seguir siendo libre como un
pájaro…

Danza de seducción

Abby Green

Deseo™

Legalmente casados

BARBARA DUNLOP

El multimillonario Zach Harper no podía permitir que una extraña se llevara
la mitad de su fortuna, aunque fuera su
esposa. Jamás hubiera podido imaginar que una alocada boda en Las Ve-
gas llegara a convertirse en una pesa-
dilla. Sin embargo, el testamento de su
abuela había sellado con fuego un lazo
difícil de deshacer: su futuro estaba li-
gado al de Kaitlin Saville para siempre.
Zach creía que podía deshacerse de
ella ofreciéndole unos cuantos millo-
nes. Sin embargo, Kaitlin no quería dinero, quería una cosa que sólo Zach
podía darle... y Zach le juró que se lo
daría.

¿Terminaría por romperse
aquel juramento?

Nunca pensaron que aquella tormenta cambiaría sus vidas

Rescatada durante una terrible tormenta, la sensata y discreta Bridget se dejó seducir por el guapísimo extraño que le había salvado la vida. Pero ella no supo que su salvador era multimillonario y famosísimo hasta que leyó los titulares de un periódico.

El misterioso extraño no era otro que Adam Beaumont, heredero del imperio minero Beaumont. Ahora, Bridget tenía que encontrar las palabras, y el valor, para decirle que su relación había tenido consecuencias.

Hija de la tormenta

Lindsay Armstrong